N° 35
COLLECTION DE ROMANS POPULAIRES
20c
EDMOND COZ
LA FORCE DE VAINCRE
5 Rue Bayard. PARIS

ROMANS POPULAIRES A 20 CENTIMES

La Force de vaincre

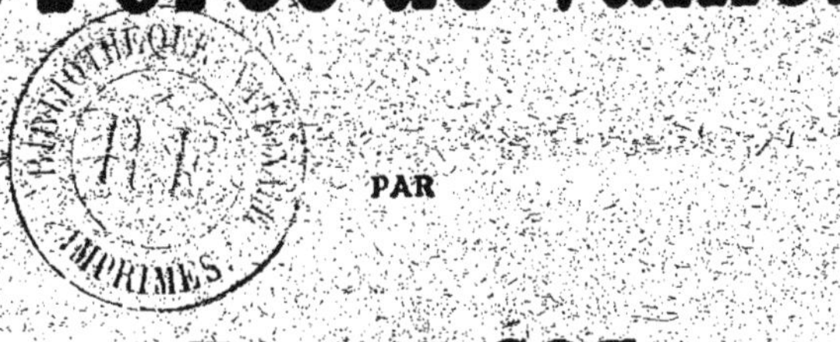

PAR

Edmond COZ

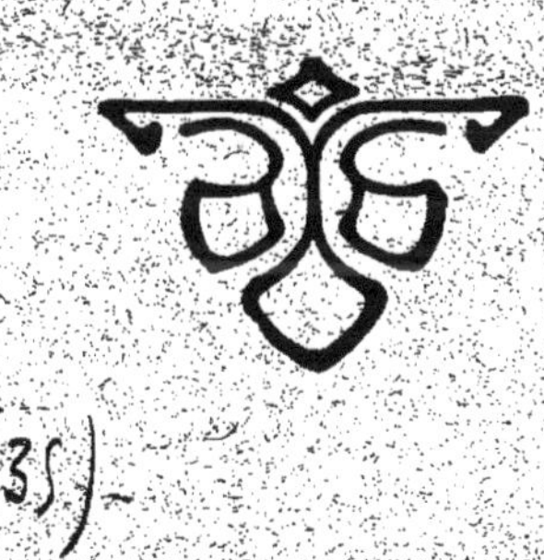

PARIS, 5, rue Bayard, PARIS

La force de vaincre

I

Attiédie par le soleil de mars, l'après-midi finissait.

Aux branches des arbres, les bourgeons s'entr'ouvraient, et les premières feuilles s'échappaient, toutes veloutées, comme une envolée de papillons, hors de leurs chrysalides.

Jean Dorloy, depuis deux heures, arpentait la glèbe, s'inclinant sur les guérets, où pointaient, droites comme des lames d'épées, les tiges des blés verts, dans la poussée triomphale du [illegible] reverdi, fécondé par le printemps.

Les violettes, une à une, piquaient l'herbe et les mousses, les primevères foisonnaient au [illegible] des talus, les vibrations de l'air répétaient l'hymne des oiseaux au Créateur.

L'âme de Jean se dilatait dans une rare impression de joie de vivre, très pure et très franche, qui l'arrachait aux soucis et aux angoisses de l'heure présente.

Les soucis et les angoisses pesaient lourdement sur cet homme de trente ans, dont nulle charge obligatoire n'eût [illegible]ardé la marche, s'il n'eût été de ceux dont les chaînes se [illegible]ent avec les chaînons que brisent les [illegible] du devoir [illegible].

[illegible] rentrait aux Herbines, la vieille maison de son beau-père, [illegible] ferme, moitié demeure bourgeoise, située à l'extrémité [illegible] Vandreville, formant un seul tenant avec le domaine [illegible], depuis peu d'années, par l'acquisition de terrains en jachères. Pénétrant dans le verger clos qui séparait l'habitation de la campagne, Dorloy entendait des pas légers, venant en sens inverse, et, entre les branches des chèvrettes et des sureaux, que leur précocité vêtait de petites feuilles transparentes, une jeune femme parut.

— Lisa! murmura Jean, si bas que l'appellation trop familière, qui jusqu'alors était restée dans son cœur, ne fut pas entendue.

— Bonjour, Monsieur Dorloy.

Mlle Miley lui tendait la main ; il la serra, respectueux et cordial.

— Et les enfants ? interrogea-t-il.

Sous la même impulsion d'un échange d'idées nécessaire, l'institutrice et le frère aîné marchèrent l'un près de l'autre, derrière la charmille en bordure des champs.

— Ils font ce qu'ils peuvent, pauvres petits !

— Je voudrais les faire étudier le soir, mais ils tombent endormis en sortant de table..... Moi-même je suis pris de cet assoupissement qui guette les travailleurs du grand air.....

— Si leur père voulait s'occuper d'eux!.....

— Mais il ne le veut pas, et s'imagine qu'il ne le *peut* pas! Depuis que son attaque de paralysie a changé les conditions normales de son existence, il se déclare incapable de tout! Les enfants, en dehors des progrès qu'ils feraient, y gagneraient d'être surveillés davantage et de prendre contact avec leur père, qu'ils ne voient qu'aux repas. Et lui, dans cette solitude volontaire et cette oisiveté absolue, s'énerve et s'agite dans le vide.

— Jadis il travaillait pour ses enfants, en partageant les travaux des ouvriers agricoles ; il ne veut rien faire à présent de ce qui n'était pas dans l'ancien plan de sa vie!

— Le départ de ses fils achève de le décourager.

— Le départ de Marc, surtout, si imprévu!..... Hilaire, tout enfant, puis adolescent et jeune homme, rêvait États-Unis et dollars! Il s'entêtera toujours à rester entre les murs d'un gratte-ciel! Et la terre, *sa* terre, manque de bras, mais au moins il saura se tenir en équilibre!

— Le caractère de son frère est bien différent!

— Marc est faible de caractère et facile à entraîner. Paris ne lui vaut rien, et je suis toujours inquiet!

— Toujours inquiet pour les autres ! fit observer Lisa. Vous ne parlez pas de vos soucis.

— Est-ce que vous parlez des vôtres, quelquefois ?..... demanda Jean.

— Je suis entre les mains de Dieu !

Le ton avec lequel cette phrase était dite impliquait, non la résignation passive, mais l'acceptation des épreuves avec l'aide du secours divin.

Et, souriante, elle ajouta :

— Voici un singulier langage pour une petite « fonctionnaire » !.....

— Une « petite fonctionnaire » qui sait allier ses devoirs de conscience avec ses obligations professionnelles !

— Jusqu'alors je ne me suis heurtée contre aucun récif..... D'un moment à l'autre, mes intérêts peuvent se dresser en face de ma conscience.....

Elle allait ajouter :

— Vous êtes le vivant exemple du devoir triomphant des intérêts.....

Elle garda ses lèvres closes comme Jean avait fermé les siennes, sous l'inspiration de la même belle réserve. Si peu de temps et si peu de mots leur suffisaient pour échanger leurs pensées ! Les rencontres brèves adoucissaient pour chacun les épreuves et les sacrifices.

Leurs vies étaient-elles destinées à suivre un cours parallèle sans jamais se fondre en une seule ? Les charges qui pesaient sur ces êtres, jeunes encore, se réuniraient-elles en un fardeau commun, s'allégeant parce qu'ils seraient deux pour le porter ?

Les mots qui enchaînent n'avaient pas été prononcés, et néanmoins il semblait, à l'un comme à l'autre, qu'ils n'avaient plus à disposer d'eux-mêmes.....

Après un « au revoir » et un serrement de mains, ils se séparèrent. Jean gagna les Herbines, et Lisa retourna vers l'école de Vandreville qu'elle dirigeait depuis deux années, hâtant son pas élastique et souple.

Mlle Miley avait vingt-huit ans.

Elle avait la conscience de sa belle et robuste jeunesse et se tenait dans l'austère simplicité de ses fonctions, sans chercher à forcer les dons de la nature, mais elle n'avait pas renoncé à ce charme extérieur que règlent la pureté et la sagesse et qui est la grâce particularisée de la femme qui doit exercer son action au dehors.

La « petite fonctionnaire » était une vraie chrétienne. Orpheline très jeune, elle avait été élevée par ses grands-parents, instituteur et institutrice d'un autre âge, retardant de bien des années sur l'époque présente. Du fond de leur retraite, ils entrevoyaient toujours leur carrière en accord avec l'intégrité de leurs convictions, et, pour mieux préparer leur petite-fille aux devoirs de l'enseignement, ils l'avaient placée, ainsi que sa jeune sœur, dans un couvent.

Pour Lisa, le premier choc avait daté de son entrée à l'École normale, lorsqu'elle y avait entendu proférer des paroles d'indépendance religieuse, le voile s'écarta, lui révélant des mentalités nouvelles, des états d'esprit insoupçonnés.

Cependant, la directrice exigeait qu'en matière de foi chacune de ses élèves fût libre ; elle facilitait à toutes celles qui en faisaient la demande la possibilité d'assister aux offices...

Le premier poste de Lisa l'avait amenée dans un [illegible], comme adjointe d'une institutrice très vieille, vivant de traditions anciennes et apparentées à tous les notables du pays. La vie avait été paisible pour les deux femmes...

Puis Mlle Miley avait été [illegible] titulaire à Vandreville. [illegible] la grande salle vide ; le [illegible] avait été enlevé l'année précédente...

Dorloy lui avait raconté la scène fatale, si rapide et si muette. La protestation des « bras croisés » par quelques gens auxquels le bon vouloir ne manquait pas, mais privés d'initiative, ayant les timidités de Nicodème se glissant à l'heure des ténèbres près du Christ...

L'intention avait été réputée pour le fait, et Jean avait été seul, lui si calme, à crisper les poings, à sentir les larmes rouler sous ses paupières, tandis que tout son être se révoltait en voyant l'image de l'Ouvrier [illegible] groupe d'enfants d'ouvriers.

Son effort s'était brisé entre les digues qui le canalisaient, l'irréligion de son beau-père, l'apathie de ses compatriotes.

Mais Lisa avait ramené dans l'école le souffle du Christ. Elle le faisait passer dans sa vie, dans son exemple, dans son enseignement, au prix de quelles difficultés et de quelles prudences! Des prudences plus amères et plus dures à la franchise de son caractère, parce qu'elle redoutait toujours qu'elles ne confinassent à la peur.....

Le curé les avait conseillées, ces prudences. La paroisse ne possédait pas assez de ressources matérielles et morales pour créer une école libre.

Lisa garantissait les petites âmes d'enfants contre l'irréligion officielle, et, pour la relever dans ses moments d'épreuves, le prêtre lui avait montré les premiers chrétiens réfugiés dans les Catacombes, cachés aux regards, mais accomplissant dans l'ombre leurs devoirs et répandant leur vertu mystérieuse dans la cité romaine. Et elle avait marché en avant, ne « vivant pas sa vie », mais luttant pour assurer à elle-même et aux autres la vie qui ne finit pas.

L'existence de Dorloy avait été également simple, également éprouvée par la lutte quotidienne. Son père était mort peu de temps après sa naissance. La jeune veuve restait sans ressources ; elle se retira à Vandreville, chez une vieille parente dont elle tint le ménage.

Toutes ses qualités d'ordre et d'économie, entravées par les goûts de dépense de son mari, s'affirmèrent bientôt.

Les Herbines n'étaient pas loin de sa demeure, et le propriétaire, Lambert Boisseul, remarqua le changement opéré dans son voisinage. La maisonnette mal tenue, le jardin abandonné étaient peu à peu transformés. Mme Dorloy était réellement une ménagère hors ligne. Le fermier songea à la demander en mariage, puis il hésita..... Il voulait arrondir son bien ; mais les filles dotées l'effrayaient par leurs prétentions de vivre comme des « dames de la ville ». La ferme avait besoin d'une direction ; il se décida à épouser la veuve et concéda au foyer une très petite place à son enfant. Un an plus tard, un fils naquit, puis un second.

Lorsque Jean eut huit ans, un ecclésiastique, cousin de son père, proposa de le faire placer gratuitement dans un Séminaire mixte, récemment organisé dans le diocèse.

Boisseul se targuait d'anticléricalisme, sans avoir, d'ailleurs, une notion bien précise du cléricalisme ni même de l'anticléricalisme, mais, par intérêt, il appuya fortement la proposition de l'abbé Dorloy.

Il ne fit pas plus d'objections au baptême de ses enfants qu'il n'en avait apporté au mariage religieux, déclarant que, puisque c'était « encore l'usage », il fallait en passer par là..... Mais, pour mettre ses actes d'accord avec ses principes, il cessa de saluer le curé quand il le rencontrait.

Mme Boisseul, qui avait vaillamment rempli une tâche souvent au-dessus de ses forces, mourut en donnant le jour à deux jumeaux, Pierre et Marthe. Lambert pleura très sincèrement sa femme.

Une gratitude immense envahit le cœur de Jean envers celui qui avait enlevé sa mère à la servitude et à la détresse pour lui donner la première place à son foyer.

Il faisait alors son service militaire et dut repartir le lendemain des obsèques.

A cette époque, il se trouvait en face d'un avenir incertain et ne savait quel parti prendre. Il n'avait jamais été un fort en thèmes, mais il avait acquis une science très précieuse. Son intelligence, assez rebelle aux études philosophiques, s'ouvrait merveilleusement à l'Evangile.....

— Je le lis tous les jours, et tous les jours j'y puise une force nouvelle et j'y découvre un sens nouveau, disait-il à l'un de ses maîtres.

Le vieux prêtre qui se considérait comme son tuteur était mort. Jean alla prendre l'avis du directeur du Séminaire.

— Je vous reconnais une vocation suffisante pour faire un excellent ecclésiastique, mon enfant, dit celui-ci, mais je crois que votre place est ailleurs..... au milieu des récifs de la vie.....

. . . .

Le dernier soupir de sa mère avait orienté l'existence de Jean. Aussitôt libéré, il revint aux Herbines et travailla comme un simple ouvrier, appliquant avec une observation méticuleuse tout ce qu'il avait appris de chimie et d'histoire naturelle à la culture de la terre.

Il ne songea pas plus à demander un salaire que Boisseul ne songea à lui en offrir un. Il était décidé à accomplir ce qu'il appelait « les sept années de Jacob », et, lorsqu'elles seraient terminées, il se créerait une situation.

Les années de Jacob passèrent. La tâche de Jean s'alourdit. Ayant près de lui ses deux fils aînés et son beau-fils, en tout quatre paires de bons bras, Lambert avait acquis un lot considérable de terres restées en friche. Dès lors, ce furent successivement le départ d'Hilaire, la tête montée par l'espoir de faire fortune dans la course aux dollars, l'inactivité progressive du sexagénaire, la brusque résolution de Marc, entraîné par d'anciens camarades, employés de commerce à Paris, et qui déclara brutalement qu'il n'était point fait pour « le métier d'animal de labour »! Et enfin la première attaque de paralysie qui frappa le terrien.....

Seul, Jean resta pour renouveler les « sept années de Jacob » et faire face à tout. A son appel pressant au retour, les deux frères avaient répondu que, n'ayant aucun goût pour l'agriculture, ils déchargeraient leur père de leur entretien en se tirant d'affaires eux-mêmes.

Une charge de moins ! N'étaient-ils pas d'âge à être une aide de plus ?

Boisseul ne lutta pas, et Jean comprit, à travers certaines phrases des lettres de ses frères, que ceux-ci ne lui reconnaissaient pas le droit de remontrance.

Que de fois déjà, même du vivant de sa mère, Hilaire et Marc lui avaient fait sentir qu'il était *un intrus*, celui qui doit *tout* et auquel on ne doit rien!

Exaspéré par l'inaction forcée, accablé par l'abandon de ses fils, les dépenses grandissantes des jumeaux, la perte de l'argent employé à l'acquisition d'un terrain désormais inutile, et dont il ne se débarrasserait qu'à un prix dérisoire, Lambert retombait sur son beau-fils et maugréait contre son éducation religieuse, sans reconnaître que l'éducation laïque reçue par les autres ne leur avait pas enseigné à remplir les devoirs imposés par le respect filial. Inconsciemment, il en voulait à Dorloy de ne pouvoir exécuter à lui seul le travail de tous; il s'en prenait au jeune homme de toutes les dépenses du faire valoir.

Pour remplir ses devoirs religieux, pour que les deux petits sans mère puissent y participer, Dorloy en était réduit à la nécessité cruelle de la dissimulation.

Tout ce qu'il avait pu obtenir, car Boisseul, dans sa vanité de demi-bourgeois, ne voulait pas que ses enfants allassent à l'école primaire, avait été de leur faire donner chaque jour une leçon par Mlle Miley.

Lisa devinait aisément ce que le beau-fils de Lambert ne lui disait pas ; elle avait fixé elle-même un prix très minime, pour éviter à Jean de nouvelles discussions. C'était la seule manière dont elle pût l'aider. Mais cette heure de travail et de surveillance était trop vite passée. Tandis que le père, exaspéré au moindre bruit, s'enfermait dans sa chambre et que le grand frère multipliait ses efforts pour faire rendre à la terre ce que la terre doit au travail de l'homme, Pierre et Marthe erraient oisifs, car ils se refusaient de travailler seuls et se montraient peu inventifs, même dans leurs jeux, sans cesse bousculés par la vieille servante Polyphie, d'humeur grondeuse, dont les idées sur les enfants bien élevés ne dépassaient pas un classement en deux catégories : ceux qui s'essuient les pieds en rentrant et ceux qui s'obstinent à ignorer l'existence du paillasson!

Jean déplorait cet état de choses. Un jour, il emmena les jumeaux aux champs ; il chercha à les intéresser à la terre, mais ils lui échappèrent, coururent très loin et lui firent perdre un temps précieux.

De sa fenêtre, Boisseul les aperçut, galopant comme des chevaux échappés ; il sonna Polyphie, qui, furieuse d'être dérangée et de fournir des steeples pour lesquels sa lourdeur et son âge ne la préparaient guère, ramena les délinquants avec brutalité.

Pour éviter d'être punis, Pierre et Marthe déclarèrent que Jean les avait traités comme des « manœuvres » et que c'était pour cela qu'ils s'étaient enfuis.

— Tu oublies que tu es chez moi et non chez toi, imposa rudement Boisseul à son beau-fils, et que tu ne dois pas te faire servir par *mes* enfants.

Toute protestation avait été inutile. Que de fois, lorsque Jean rentrait exténué, le soir, pour se mettre à table, la parole froissante de son beau-père était-elle tombée sur lui pour lui imposer silence lorsqu'il voulait s'entretenir sérieusement avec lui!

II

Lambert Boisseul, soutenu par la servante, était parvenu, ce jour-là, à occuper sa place au haut bout de la table, ce qu'il n'avait pu faire durant toute la semaine.

Pierre était entré sans ébranler la porte ; il se présentait, contre son habitude, avec des mains irréprochables, ayant trouvé un amusement nouveau, qui consistait à faire fondre un pain de savon dans sa cuvette : un match avec sa sœur ! Il était tout fier d'avoir tenu le record, son savon ayant été le premier fondu, et, en signe de triomphe, il avait réparé le désordre de sa chevelure et de ses vêtements.

Une atmosphère de paix inaccoutumée régnait dans la petite salle, lorsque Jean y pénétra, en adressant à son beau-père quelques mots affectueux sur l'amélioration de sa santé.

— Je suis loin du moment où je reprendrai ma bêche ! dit celui-ci. Il faut songer à la jachère. Tu ne t'en occupes pas.....

— J'ai été au plus pressé. J'ai ensemencé les terres déjà en rapport.

Il n'ajoutait pas qu'il n'avait plus de graines et que le modeste courant des nécessités de la vie mis de côté, à peine resterait-il une provision de quinze cents francs.

A combien allait se réduire le nombre des journées des ouvriers agricoles qu'il lui faudrait employer pour arriver à maintenir l'équilibre dans un budget aussi restreint ?

— Tout augmente de prix ! cria Lambert en frappant la table du manche de son couteau. Le campagnard est dépouillé par tout le monde.....

— On organise des groupements pour aider aux transactions et obtenir les fournitures nécessaires, détaillées pour chacun, au même prix que la vente en gros, suggéra Jean.

Boisseul dressait l'oreille, puis il demanda, soupçonneux :

— Qui « on » ?

Jean se garda bien de dire que la nouvelle de l'installation des Syndicats agricoles lui avait été annoncée dernièrement par le curé de Vandreville.

— Mais, reprit-il, cette idée est venue à des personnes influentes qui comprennent la nécessité de faciliter le relèvement de la vie rurale.....

— Tu ne me dis pas les noms ?

— Que vous apprendraient-ils ? L'organisation est tout.....

— Étudie cela..... Tu m'en rendras compte..... Tu gaspilles tellement l'argent que je te remets..... Oh ! ne prends pas cet air indigné ! Je ne t'accuse pas de dérober quoi que ce soit. Allons, sois donc calme ! On ne discute pas avec les infirmes ! Je reprends..... Tu calcules si mal qu'il faut que d'autres calculent pour toi. Cela tient à ton éducation.....

La tentation vint à Jean de dire à son beau-père :

— Ceux qui ont prévu la crise que traverse l'agriculture, ceux qui ont décidé de porter secours aux propriétaires ruraux, grands et petits, petits surtout, qui veulent rétablir par les joies du foyer l'élargissement de la famille française, ceux-là, prêtres ou laïques, sont les apôtres de l'Evangile, de la bonne nouvelle, du Christ, dont vous avez proscrit l'image de votre demeure, que vos pareils ont arrachée aux murs des écoles, aux monticules des calvaires, et qu'ils ne peuvent encore briser sous les voûtes des cathédrales! Ce sont ces hommes qui s'efforcent d'arrêter la marée montante, et vous admirez leur conception et leur œuvre, et vous allez leur tendre la main, non pour aider à leur effort, mais pour en profiter.....

Jean pensa ces choses..... et se tut.

— Oui, des graines....., des instruments....., les prix diminués, mais nous fournira-t-on la main-d'œuvre également réduite ? demanda Boisseul après réflexion.

— On rapprochera l'employeur de l'employé en établissant une communauté d'intérêt qui les encouragera à se prêter un soutien réciproque.....

Lambert se rejeta sur le dossier de sa chaise. Il était taciturne, maintenant, parce qu'il ne pouvait plus recevoir les idées de son beau-fils à la pointe de la contradiction; elles étaient trop d'accord avec ses désirs.....

Il ferma à demi les yeux.

— Avec tout cela, les jachères ne sont pas défrichées, murmura-t-il, têtu, tandis que, soutenu par Jean et par Polyphie, il gagnait sa chambre.

. . . .

Tout le monde dormait encore aux Herbines. Dorloy, la tête inclinée sur ses livres de comptes, espérait arriver à réaliser la solution tant désirée, employer mille francs à la mise en valeur des terres à fertiliser, et recommençait dix fois les mêmes calculs.

A 8 heures, avant de se rendre au travail, il se dirigea vers la chambre de son beau-père, comme il le faisait chaque matin, lorsqu'une galopade dans le vestibule lui fit retourner la tête.

Pierre le rejoignait en criant :

— Je crois que c'est une lettre de Marc !

L'enfant tenait une enveloppe entre ses doigts et la regardait curieusement.

— Porte-la, toi, Jean. Papa dit que Marc n'écrit pas assez souvent, puis, quand les lettres arrivent, il est de mauvaise humeur.

— Un enfant ne parle pas ainsi de son père.

— Comment doit-il parler, cet enfant ?

— Papa est triste, il a du chagrin.

— Alors, quand je serai grand et que je m'en irai, comme les autres, je n'écrirai jamais.

— Et pourquoi ?

— Pour ne pas faire de chagrin à papa.

A cette logique imprévue, Jean trouva l'immédiate réponse :

— Tu resteras ici avec ton père, Marthe et moi ; tu seras beaucoup plus heureux que les autres..... Va faire tes devoirs.....

— Non, j'entrerai dans la chambre après toi. Je veux qu'on me lise ce que Marc raconte de Paris.....

— Je te le répéterai..... Laisse ton père tranquille.....

— C'est mon père..... Ce n'est pas le tien!.....

Depuis des semaines, Jean sentait monter contre lui cette opposition sourde des deux petits, semée en eux par les duretés du beau-père envers le beau-fils. Et voici qu'elle éclatait tout à coup, et cela parce que lui était le seul qui parlât raison à ces enfants, le seul qui endiguât leurs désobéissances et leurs caprices.

Dorloy en appela à la fermeté patiente qu'il s'était imposée. Il prit la main de Pierre dans la sienne et le mena jusqu'à la chambre dans laquelle Marthe et lui prenaient leurs leçons.

Ce mutisme impressionna le petit garçon, qui s'assit, dompté, docile, pour le moment. Jean eût tant voulu pouvoir lire cette lettre le premier ! Il avait recommandé à Marc d'éviter tout sujet de nature à troubler son père, jamais aucune réponse directe ne lui était parvenue, et l'avis avait été mal observé, d'où la mauvaise humeur constatée par l'instinctive finesse de Pierre chaque fois qu'une lettre de Paris arrivait.

Cette enveloppe brûlait les doigts de Jean et ses yeux se fixaient sur l'adresse avec une anxiété croissante. Lui, si discret, repoussait la tentation, et cependant il discutait avec elle, il s'affirmait à lui-même qu'il ne pouvait ni lire cet écrit ni le supprimer, qu'il ne devait pas s'interposer entre le père et le fils..... Et pourtant.....

Soudain, le papier lui glissa des mains. Marthe, qu'il n'avait pas entendue venir, prestement l'enleva. Avertie par son frère et plus curieuse encore que lui, elle s'était approchée à pas de loup, puis, d'un geste immédiat, ouvrait la porte et fonçait vers le fauteuil de son père, tendant la lettre à bout de bras.

Tout cela avait été si rapide que Derloy n'avait pu parer l'intervention inattendue de sa sœur.

Le triomphe silencieux de Marthe, qui jetait un regard de défi vers son grand frère, ne dura pas longtemps.

Elle vit se contracter la figure de son père et un de ses poings retomber lourdement sur le bras de son fauteuil. Elle s'enfuit aussitôt à la hâte.

Jean s'était avancé. La voix tremblante, sous l'impression de l'angoisse réalisée :

— Quelque..... étourderie de Marc ? interrogea-t-il.

Cette préventive atténuation de la faute redoutée déchaîna sur lui la colère de Boisseul.

— Une étourderie ! Tu oses appeler cela une étourderie ! Tu défends ton frère, toi qui connais pourtant ma situation !....

Certes, Jean la connaissait, cette situation, lui qui était la clé de voûte de l'édifice! Ces mots lui disaient assez que Marc avait fait des dettes et que tous les projets établis avec de si grandes difficultés s'effondraient d'un seul coup. Néanmoins, il soutiendrait, avec toute son énergie, celui qui était le plus atteint par l'égoïsme et l'ingratitude du transfuge, l'homme dont il avait eu si souvent à supporter les colères.

— Je ne défends pas Marc, mon père, reprit Jean, je veux adoucir votre peine. S'il a cédé à une tentation, il n'y succombera certainement pas une seconde fois, et.....

— Tais-toi! cria Lambert. Tu vas jouer au prédicateur, n'est-ce pas ? La résignation, la Providence, voilà ce que c'est que de t'avoir laissé au Séminaire ! Si tu sentais comme moi, toi qui es robuste, toi qui es jeune, tu partirais à Paris, tu dirais à ton frère que je n'ai pas d'argent, que je ne veux pas qu'il déshonore mon nom !

Le sentiment de l'impuissance se heurtant contre la volonté d'agir provoqua un désespoir navrant, mêlé de plaintes puériles.

Boisseul avait rejeté sa couverture et cherchait à se dresser sur ses jambes, repoussant l'aide de Jean.

— Oh ! je m'ennuie, je m'ennuie de ne pas pouvoir travailler, de ne plus pouvoir gagner !.....

Et le verbe « ennuyer », qui, dans la langue courante, était si au-dessous de la douleur de cet homme, mais était si expressif dans l'idiome paysan, prenait une portée tragique sur les lèvres du terrien dépossédé de ses forces.

Lambert retomba en arrière.

— Pourquoi m'ont-ils quitté, pourquoi m'ont-ils laissé seul avec « la terre »? Quand des soldats désertent, on court après eux, on les ramène, on les juge, on les punit, on les fait travailler de gré ou de force..... Mais tu ne feras donc rien, toi, malheureux, pour nous tirer de là ? Le domaine ne t'importe guère, à toi ! Il ne t'appartient pas, et cependant..... tu en vis !

L'excès même de cette nouvelle injustice fit dévier le coup. Jean en fut à peine atteint; il comprenait trop ce désespoir pour en être blessé.

Il prit les deux mains de son beau-père dans les siennes et le fit rasseoir.

— Soyons des hommes ! prononça-t-il. Quand on ne peut plus agir, on pense ! Vous souhaitez que j'aille à Paris? J'irai.....

Et cette résolution ne lui était pas inspirée seulement par le vœu du père, mais dictée aussi par la subite crainte que Marc n'eût quitté la place qu'il occupait dans une grande maison de commerce, à la suite de quelque coup de folie.

Le jeune homme ne faisait aucune allusion à ce fait, mais plusieurs fois déjà il avait échappé aux précisions et semblait avoir établi en principe que le « droit à la vie », en libérant de l'intervention d'autrui, entraîne avec lui la liberté de donner à ses actes telle façade que l'on veut. Être obligé de chercher la vérité pesait lourdement sur l'esprit de Jean, qui éprouvait une vive répulsion pour le métier d'enquêteur. Et cependant il devait s'y résigner..... Comment porter secours à ceux qui sont menacés lorsqu'on ignore la nature du danger qu'ils courent ?

Lambert et son beau-fils n'échangèrent plus une seule parole durant quelques minutes. Enfin, Jean releva la tête et avança la main :

— Voulez-vous, dit-il, me donner la lettre de Marc ?

Sans répondre, Boisseul tendit la feuille de papier. Dorley lut :

Mon cher père, je souhaite que vous alliez de mieux en mieux et que les trois autres se portent bien. Je ne puis aller vous voir, comme je le désirerais.

Les Herbines, en ce moment, doivent être jolies. Jouissez-en tous ! Les tracas des affaires, les complications de la vie de Paris vous sont épargnés. Ma part est lourde ! J'ai de graves ennuis, je redoute même de les voir dégénérer en incidents fâcheux, et je tiens à vous en éviter le contre-coup. Avec un billet de mille francs, j'y parviendrai. Voulez-vous, je vous prie, m'expédier cette somme courrier par courrier ?

Je vous embrasse de tout mon cœur, sans oublier mes frères et Marthe.

Votre bien dévoué fils,

MARC.

Bien dévoué fils ! » Quelle ironie dans ces trois mots !

— Tu iras porter l'argent, murmura Boisseul, les dents serrées. Tu diras à Marc qu'il me tuerait s'il recommençait. D'ailleurs, arrange-toi pour que pareille chose ne se renouvelle pas ! Puis tu reviendras tout de suite..... Et tu ne feras pas la noce, au moins !.....

Ainsi fouaillé, Dorloy se dressa :

— Mon père, vous ai-je donné quelque raison de douter de moi ?

— Pourquoi vaudrais-tu mieux que mon fils ?.....

Malgré le sursaut violent de son cœur, Jean se tut. Il ne pouvait parler sans en dire trop. Un effort lui coûta pour pardonner à l'amertume paternelle, puis il s'éleva au-dessus de la persécution mesquine qui l'enveloppait en se resserrant chaque jour autour de lui.

III

Dès le soir même, Dorloy quitta les Herbines et prit le chemin de la gare.

Dans la poche du veston devenu trop étroit (car il ne renouvelait que ses vêtements de travail, les seuls qu'il usât) était placée la liasse de billets de banque qui représentaient tant d'espoirs abolis.

Ces mille francs — une bagatelle pour tant de dissipateurs ! — c'était le prix de la vie rurale pour presque toute l'année. Jean les avait extraits du coffre-fort, maintenant à demi vide, avec la souffrance que l'on éprouve au dernier arrachement d'un membre sectionné par des mains rudes et maladroites. Aujourd'hui, il parait à la menace immédiate ; demain, il ferait face à la nécessité quotidienne et réparerait la perte des heures.

En voyageant de nuit, il réalisait une économie de temps et d'argent ; il en serait quitte pour dormir tantôt sur les banquettes des compartiments et tantôt sur les bancs des salles d'attente, car les trains ne correspondaient pas.

Le jour baissait. Dorloy était en avance ; la pensée lui vint d'entrer à l'école et de prier Mlle Miley de bien vouloir aller jusqu'aux Herbines, après la classe du matin. Il essaya d'ouvrir la porte sans y réussir et sonna. Son appel resta sans réponse. Il s'éloigna, déçu. Il n'eût rien dit à Lisa de ses chagrins intimes, mais d'entendre sa chaude voix sympathique l'eût encouragé dans l'épreuve de la journée.

. . . .

Mlle Miley tenait encore à la main un télégramme qu'elle venait de recevoir, lorsqu'elle pénétra sur le quai de la station. En traversant la salle d'attente, elle n'avait pas aperçu, dans un angle à demi éclairé, un personnage de petite taille, dont les prunelles papillotaient sous des cils roux.

Le regard de Lisa explora les portières du train qui reliait Vandreville à la grande ligne, puis elle se précipita vers un compartiment de troisième classe qu'une main gantée de laine noire essayait en vain d'ouvrir.

— Lucie !

— Lisa !

Les deux noms se croisèrent, formant un seul cri.

La poignée hors d'usage refusait de céder, lorsque des doigts robustes écartèrent ceux de la jeune fille, et, tournant fortement le bouton, triomphèrent de la détérioration du matériel ; la portière céda, tandis que Jean jetait ces mots hâtifs :

— Je m'absente..... Voyez les enfants, je vous en prie....., demain, dans la matinée.....

La personne qui avait répondu au nom de Lucie descendit lestement, attirant à elle deux longs sacs de bure noire, puis, remontant sur le marche-pied, elle tendit le bras et soutint une femme dont les cheveux blancs s'échappaient d'un bonnet de tulle à demi caché sous un châle tricoté.

Ainsi aidée, la pauvre vieille prit pied.

Etouffant une exclamation de surprise, l'institutrice serrait les deux voyageuses sur sa poitrine.

— Vous ! Vous ! murmurait-elle à l'oreille de la plus âgée. Chère, bien chère Sœur Rose !

— Je l'ai retrouvée, après l'expulsion, à demi mourante de faim, et je l'ai amenée, murmura Lucie.

— Tu as bien fait.....

Ces simples mots s'élancèrent du cœur pour monter aux lèvres.

La bouche de Lisa souriait encore pour le doux accueil, et déjà cependant un pli barrait son front. Sur la rumeur sourde qui emplit son cerveau se détacha le coup de sifflet annonçant le départ.

Le train s'éloignait. Une tête se pencha et un long regard se dirigea vers le groupe des trois femmes, tant que la distance le permit.

Lisa en eut la perception très nette, sans même lever les yeux. Quand elle n'entendit plus que le bruit lointain des roues sur les rails, une sensation d'isolement s'empara d'elle. Jean s'éloignait..... Et cependant il ne pouvait lui être d'aucun secours.

N'avait-il pas des chaînes aux mains, des entraves aux pieds? Ces chaînes et ces entraves morales, plus étroitement rivées que des chaînes de fer, plus serrées que les entraves de bois durci !..... Oui, mais il avait l'âme libre, libre de la liberté du Christ, libre comme les âmes des confesseurs au plus profond des cachots !..... L'âme qui vibre à toutes les émotions humaines et n'obéit qu'à Dieu, lequel seul donne la force de vaincre..... Elle puiserait sa force aux mêmes sources.

Passant le bras sous celui de la vieille femme qui levait sur elle un regard de tendre reconnaissance, comme en ont les très vieux, les tout petits et les mourants, Mlle Miley rentra dans la salle d'attente ; de l'autre main elle soutenait l'un des deux sacs. Lucie, frêle et menue, portait l'autre à grand'peine, s'efforçant de ne pas le laisser traîner à terre.

Soudain, l'homme qui s'était dissimulé lors du premier passage de l'institutrice émergea sous la lueur du gaz qu'un employé venait d'allumer et se planta en face du groupe féminin dont il arrêta la marche.

— Je vous salue, Mademoiselle Miley ! Vous voilà en famille, tant mieux ! C'est si triste de vivre seul.....

Un soupir énorme ponctua la phrase d'un regret personnel.

— Je vous remercie, Monsieur Périgot, répondit-elle.

Et, s'efforçant de dominer son trouble subit, elle ajouta, calme en apparence :

— Les bons moments, dans la vie, sont rares et précieux....

Puis, obliquant vers la gauche, attirant après elle le pauvre fardeau humain effondré sur son bras, elle continua sa route avec l'impression que les prunelles se rétrécissaient sous les cils roux pour mieux l'observer, elle et ses compagnes.

Lentement, toutes trois longèrent l'avenue de tilleuls récemment élagués en échangeant quelques mots à voix basse, puis, arrivées devant l'école, elles contournèrent le bâtiment et gagnèrent le domicile privé de l'institutrice.

— Ma chère Sœur Rose, vous prendrez ma chambre, déclara Lisa, tout en plaçant un frugal repas devant ses hôtes, encore inattendues le matin même.

Elle dut arrêter net la protestation de la vieille religieuse.

— Ne dites pas non ! La seconde pièce est plus vaste, ce sera mieux ainsi. J'y coucherai avec Lucie.

Lorsque les préparatifs furent achevés, les deux sœurs s'étendirent sur leurs étroits matelas ; Lucie put enfin conter les événements rapides qui venaient de briser sa vie.

Depuis que la maison d'éducation religieuse dans laquelle sa sœur et elle avaient été élevées était fermée aux pensionnaires, les Sœurs y étaient restées ; leur école maternelle rendait trop de services dans un quartier populeux pour qu'on les renvoyât.... avant les élections. Les élections étaient finies.

Le lendemain, l'ordre de fermer l'école, d'expulser les religieuses, était arrivé, inopiné, brutal, le soir, afin que nul n'en pût rien connaître.

La supérieure se hâta d'informer le curé pour qu'il emportât les saintes Hosties à la paroisse, et l'adieu suprême, en forme de prière, à l'asile de pureté et de charité se fit devant le tabernacle vide. A l'aube, les Sœurs préparèrent chacune un petit paquet, les plus jeunes aidant les très vieilles, et, comme des voyageuses errantes, sans foyer, sans abri, elles s'en allèrent, le cœur plein de confiance en Dieu qui leur avait tout donné, sans colère contre les hommes qui leur avaient tout ôté. Leurs yeux se mouillèrent de larmes en songeant aux pauvres mères qui tout à l'heure frapperaient vainement à la porte pour déposer, en se rendant à l'atelier, les petits enfants, le doux fardeau de leur vie, qu'elles ne pouvaient garder pendant le labeur et qu'elles reprenaient le soir, en retournant vers leur foyer.

Après avoir entendu la première messe célébrée dans la paroisse, les Sœurs avaient été conduites à un ouvroir, afin d'y changer de costume, laissant leur voile et leur guimpe, comme on doit abandonner une parure de fiancée pour revêtir un habit de deuil. Et, après avoir reçu un peu d'argent, la maigre part du trésor de la communauté, elles s'étaient dispersées.

Lucie avait d'abord trouvé l'hospitalité dans la famille d'une autre novice, puis, après avoir envoyé la dépêche qui annonçait son arrivée à Vandreville, elle avait aperçu la pauvre vieille Sœur Rose, effondrée sur un banc de promenade publique ; près d'elle gisait à terre le sac d'effets qu'elle n'avait pas eu la force de soulever jusqu'à la hauteur du siège. Et en phrases courtes, haletantes, elle avait conté à la jeune novice sa douloureuse matinée, remplie par d'infructueuses recherches. Depuis longtemps ses plus proches parents étaient morts. Ses neveux ne lui donnaient jamais signe de vie, et néanmoins, confiante, elle alla frapper à la porte du vieil hôtel dont elle était sortie à vingt ans pour n'en plus jamais franchir le seuil.

En vain, avec un grand effort, souleva-t-elle le marteau très lourd. En redressant sa tête courbée, endolorie par la nuit d'agonie, elle avait vu que la façade noirâtre était aveuglée par les volets clos, et elle s'était traînée plus loin, en recherche de la fille d'une ancienne amie qui fidèlement jusqu'à sa mort était venue lui apporter les souvenirs de leur commun passé.

Sur l'indication de la concierge d'un immeuble moderne, elle s'était hissée, tirant son pauvre sac jusqu'au troisième étage.

Un petit garçon que l'aïeule lui amenait souvent vint ouvrir la porte et ne la reconnut pas, sous ses vêtements laïques. Il avait reculé devant la main tendue ; puis la mère était venue, compatissant avec un affectueux respect au malheur de l'isolée.

Le mari était rentré, poli d'abord, réservé, puis défiant presque..... Un fonctionnaire chargé de famille! Et dans cette atmosphère mélangée de tiédeur douce et d'accueil peu à peu glacial, la déception était venue vite. La Sœur Rose avait compris qu'elle serait une gêne et une menace. Elle était partie, disant qu'elle espérait trouver quelque vieille dame plus âgée qu'elle à qui elle pourrait rendre des services, en échange du logement et de la nourriture, et elle était tombée anéantie sur le banc où la novice l'avait rencontrée. Lucie prononça ce simple mot :

— Venez.

Elle avait une telle confiance dans la protection de Dieu et le secours de son aînée !..... Elle n'avait pas réalisé les conditions exactes de l'existence de Lisa, mais elle avait réalisé son cœur.

Les expulsées, à bout de fatigues et d'émotions, s'endormirent à l'ombre du crucifix de leurs cellules qu'elles avaient emporté.

Lisa n'avait pas défailli sous le premier choc, mais les angoisses de l'avenir la tinrent en éveil. Elle envisageait maintenant l'ensemble de toutes les difficultés qui allaient se dresser devant elle.

A force d'ordre et de sobriété, elle était parvenue à faire quelques économies, mais elle était seule. A présent elles seraient trois.

Lucie pourrait travailler à l'aiguille, mais à condition de rester chez elle. Un trop rapide contact avec l'extérieur semblait à Lisa une sorte de profanation pour celle qui s'était consacrée à Dieu. Que de soins, d'ailleurs, n'allaient pas exiger la faiblesse et l'état maladif de Sœur Rose !

Puis une autre question se posa, angoissante, subite. Qu'adviendrait-il si on savait que l'institutrice communale hospitalisait des religieuses expulsées ?..... La mettrait-on en demeure d'éloigner les deux femmes chassées de leur demeure et maintenant sans asile ?.....

Ces pensées, après l'avoir brutalement assaillie, s'accentuaient ou s'atténuaient comme les spasmes du cœur.

Lisa s'efforça au calme ; elle songeait à tout ce qui pouvait la rassurer.

Le maire était un « brave homme » qui évitait de contrarier qui que ce fût. Il allait à l'église « dans les grandes circonstances », déclarait-il : aux Rameaux, à la Toussaint, car il tenait à ses morts. Il assistait correctement aux mariages et aux enterrements et rétorquait à ceux qui le blâmaient « qu'il était libre d'aller où il lui plaisait, puisqu'il ne faisait de mal à personne ». Sa dialectique se bornait là.

Mlle Miley savait, d'ailleurs, qu'il l'avait défendue contre ceux qui l'accusaient d'avoir des « tendances catholiques » et racontaient qu'elle se plaçait auprès des enfants de l'école, à la messe, le dimanche :

— Du moment qu'elle observe la neutralité scolaire, avait répondu le maire, pourquoi, si cela plaît aux parents, les mioches ne la rejoindraient-elles pas à l'église ? Qu'elles soient à côté de l'institutrice ou de la femme du chantre, ou de celle du laitier..... Il ne faut pas chercher des raisons à tout.... On ne vous empêche pas d'aller au cabaret et on ne vous force pas d'aller à l'église. Laissez donc les gens tranquilles.

Les pères et les mères des petites, auxquels, souvent, Lisa rendait service, lui étaient reconnaissants ; par tous elle était appréciée, tout autant par les catholiques, trop pauvres pour établir une école libre et qui sentaient près d'elle l'âme de leurs enfants en sûreté, que par les « autres ». Sa présence était un gage de conciliation entre les deux partis.

Qui donc oserait la dénoncer? Elle ne se connaissait pas un seul ennemi.....

Soudain elle revit l'homme qui l'avait accostée au moment où elle traversait la salle d'attente avec ses deux religieuses et dont le regard persistant l'avait poursuivie.

Elle l'avait croisé déjà bien des fois, Anthime Périgot, depuis qu'il s'était imaginé de la demander en mariage. A la lettre amphigourique rédigée par Anthime pour déclarer sa flamme, elle avait répondu avec fermeté, mais avec politesse, remerciant de cette preuve d'estime..... qu'elle n'acceptait pas.

Au sujet de cette preuve d'estime, elle ne s'était pas illusionnée. L'intérêt y jouait un grand rôle. Anthime était placier en vins et en savons, mais, en dépit de ces deux branches, il végétait. Paresseux, il fumait sa pipe et dégustait de petits verres, au lieu de tenir ses comptes ou de relancer sa clientèle. Redoutant le moindre travail qui dérouillât ses biceps, il contemplait les ouvriers qui arrangeaient dans son cellier les bouteilles et les tonneaux sans faire œuvre de ses dix doigts.

Il courait à bicyclette d'un village à l'autre quand le soleil brillait et se terrait par le froid et la pluie.

Epouser l'institutrice, c'était réduire sa dépense à la location du seul magasin, avoir un teneur de livres instruit et diligent ; puis il bénéficierait, lui, antipathique à tous, de la sympathie qu'inspirait Mlle Miley.

Aisément, Lisa avait pénétré ces motifs, et, d'ailleurs, les opinions irréligieuses, le regard faux, tout l'ensemble de l'attitude de Périgot lui inspiraient le plus grand éloignement pour le personnage. Néanmoins, depuis cette époque, elle n'avait jamais eu la moindre raison de croire qu'il cherchât à lui nuire. Et voilà qu'il avait tout à coup surgi de l'ombre et s'était placé sur sa route.

IV

Engourdi par l'inhabituelle fatigue du train, Jean descendit à la gare Montparnasse, sur le quai extérieur des grandes lignes.

Sans avoir pu dormir, il éprouvait cependant le vague de l'éveil qui abolit le sens précis des idées.

A chaque pas, l'air froid dissipait sa torpeur et avivait sa mémoire. Il envisageait tous les côtés pénibles de sa tâche.

6 heures du matin seulement ! Dorloy avait calculé qu'il lui fallait attendre une heure encore avant de se mettre en route.

L'immobilité accroissait son angoisse. Il descendit le large escalier, derrière les autres voyageurs, et se trouva sur le trottoir. Une pluie fine et froide le transperçait. A la demi-lueur factice des feux de la gare, il entrevit la silhouette d'un ecclésiastique ; il appela :

— Monsieur l'abbé !

Le prêtre se retourna et ralentit sa marche hâtive.

— Y a-t-il une église dans ce quartier, tout près ?

— Oui, Notre-Dame des Champs.

Le bras s'allongea, marquant la direction.

Jean suivit l'abbé, qui avait repris sa course, mais le piétinement habituel aux cultivateurs rend les enjambées courtes. Il perdait la notion du temps et crut avoir franchi une longue distance, lorsqu'il pénétra dans l'église toute tiède. Une sensation de bien-être physique précéda chez lui la détente morale. Il passa droit entre les rangées de chaises et se mit à genoux devant les marches du maître-autel. Au même instant un prêtre y arrivait.

Dorloy s'efforçait à tenir les prunelles rivées sur l'officiant, et luttait contre la fatigue qui maintenant l'accablait. Une messe entendue dans la semaine, en plus de la stricte obligation du dimanche, était pour lui si rare!..... Il cherchait à vaincre le sommeil.

Quand les cierges furent éteints, Jean s'assit. Sa tête retomba sur ses bras croisés.

Le fil de ses idées était rompu, mais sa pensée s'abolissait dans cette espérance suprême qui ensevelit l'âme au milieu du calme et du repos sans laisser la compréhension des choses matérielles.

Les allées et venues des fidèles, de plus en plus nombreux, suscitèrent en lui le rappel du fait immédiat. Il avait à remplir un devoir très pénible ; en marchant tout droit, il quittait Dieu pour Dieu. Il fit un effort en s'arrachant à la paix de ce bien-être moral et matériel.

La paix n'est qu'une trêve dans l'existence des hommes. La paix absolue n'est pas de ce monde.....

Jean sortit très lentement. Le jour était venu, blafard, triste comme l'aube d'un condamné.

Dorloy imaginait le soleil radieux, inondant les champs et les bois, glissant aux cimes des arbres, mettant une transparence aux frondaisons précoces, rasant le sol d'un rayon plein de promesses, et il se disait :

— Il doit faire si beau à Vandreville !

Quel contraste entre l'image de ce qu'il regrettait et le large boulevard morne et pourtant tumultueux déjà ! Le ciel bas achevait la confusion grise de la brume avec les ruisseaux et le sol, piétiné par les passants couverts de vêtements ternes et humides.

En cours de route, un compagnon de voyage obligeant avait donné à Dorloy, à l'aide d'un plan de Paris, des indications malheureusement en partie oubliées.

Il s'adressa successivement et en vain à deux hommes qui passaient. Nul ne connaît moins la capitale qu'un Parisien déraciné de son quartier.

Jean errait, énervé par la pensée que le temps fuyait bien plus vite que lui-même n'avançait. Enfin, il rencontra un agent de police.

— La rue de Provence ?

— Ah ! bien, vous n'y êtes pas !

Vous n'y êtes pas! C'est le corollaire obligé des renseignements qui ne comportent pas ces quatre mots : « Première rue à droite ! »

Mais l'agent commençait son service, après une nuit de repos, et n'avait pas encore été harassé de questions. Il reprit, encourageant :

— Tournez-moi le dos. Regardez là, devant vous : c'est le Métro! Y a du bon! Vous n'y êtes jamais allé, dites-vous? Ça, ce n'est pas banal. Eh bien, vous commencerez..... Faut toujours en venir là.....

— Et ensuite ?

— Vous ferez comme les camarades, vous descendrez l'escalier : Orléans-Clignancourt. Vous trompez pas! Clignancourt-Orléans, ça vous mènerait à Montrouge, juste le contraire ! Descendez à Réaumur-Sébastopol. Réaumur, souvenez-vous du nom, c'est comme le thermomètre. Prenez la correspondance direction Villiers..... Descendez à Saint-Lazare..... Et, quand vous êtes dehors, demandez, ou bien allez tout droit, rue du Havre, obliquez à gauche, juste avant le *Printemps*.....

C'était clair, mais long à retenir!

Jean était venu une seule fois à Paris, à l'âge auquel on traîne les petits provinciaux par la main et où, ahuris par le bruit et la foule, si las[illegible]ls se coucheraient sur les trottoirs, on les oblige, après un[illegible]née de tortures, à déclarer qu'ils se sont bien amusés et [illegible]s seront très contents de recommencer le lendemain.

Il suivit les voyageurs qui commençaient à débarquer des trains de banlieue et prit la file pour passer au guichet. Dans son inexpérience, il indiqua la direction. Cette naïveté fit retourner plusieurs têtes. Dorloy crut que l'on raillait son accent de terroir et, un peu confus, se hâta de gagner le quai, après avoir lu sur la plaque les noms des stations, sans en omettre un seul.

Au moment où il arrivait contre la barrière, un train grondait sous la voûte. Le bruit décuplé le fit arrêter tout net.

— Dépêchez-vous donc ! cria-t-on derrière lui.

Mais déjà l'employé avait clos la barrière.

Il y eut une explosion de fureur : « On n'encombre pas ainsi le passage..... On avance! On se tasse! C'est stupide! Faut-il qu'il en ait des rentes pour perdre son temps ! » Des voix aiguës de femmes, des éclats de rire de midinettes se détachaient sur les colères masculines.

Le train repartait, la barrière s'écarta. Jean, bousculé par tous ceux dont il avait retardé le départ, fut jeté en avant. Et quand le second train stoppa, ce fut une poussée d'épaules et de bras. Jean, refoulé, monta le dernier et demeura debout, étouffé, ballotté. L'air surchargé par l'entassement de poitrines humaines l'asphyxiait.

L'oreille au guet, entendant mal ou même pas du tout le nom des stations, haletant, il distingua à peine celui de Sébastopol-Réaumur et se précipita sur le quai.

D'escalier en escalier, recueillant un monosyllabe en réponse à ses interrogations, après s'être trompé à deux reprises, il découvrit enfin la ligne de Villiers et descendit à Saint-Lazare. Là, il respira librement.

Déjà 9 heures ! Jean, retardé par ses hésitations à chaque traversée de rues, étourdi par le bruit des tramways et des autobus, arriva, les tempes encore martelées, au numéro indiqué.

La vue de la maison si haute, à façade noirâtre, à escalier étroit et sombre l'irritaient et néanmoins [illegible]. C'était cela que Marc préférait aux [illegible] claires des Her[illegible]

[illegible]

Le concierge sortait de sa loge ayant remplacé le balai par un torchon avec lequel il se préparait à frictionner la rampe.

— A quel étage habite M. Boisseul ? interrogea Derloy.

— Au sixième, couloir à droite, numéro 9.

— Un loyer de six cents francs ! pensa Jean. Le prix d'une jolie maison..... là-bas....., à Vandreville.

— Inutile de monter, il est sorti, ajouta le concierge entre deux coups de torchon.

— Il est à son bureau ?.....

Une affirmation eût calmé tant de craintes !.....

La seule réponse fut un haussement d'épaules, accentuant le geste d'un bras tendu pour atteindre plus haut.

— Son bureau..... rue d'Hauteville ? Est-ce loin d'ici ?

— Suivez la rue de Provence et lisez les plaques quand vous traversez les rues.....

Jean sortit le cœur oppressé. S'il allait ne pas trouver son frère ? Si vraiment quelque coup de tête avait jeté Marc, sans ressources, avec des dettes, sur le pavé de Paris ?.....

Enfin, voici la rue d'Hauteville, à droite et à gauche.

Le numéro cherché était tout près. Une grande porte, une cour et, au fond, une large enseigne : le dépôt d'une fabrique de soieries de Lyon. C'est ici.....

La main robuste qui du matin au soir remue les instruments de travail tremble sur le bouton de la porte. Ses yeux rivés sur les verres dépolis relisent à satiété cet imprimé en bâtarde : « Entrez sans frapper. »

Une longue minute s'écoule. La paume moite glisse sur le cuivre et s'y reprend à deux fois.

Jean pénètre enfin, et tout aussitôt un soupir de satisfaction s'échappe de sa poitrine. Marc est devant lui, assis sur un haut tabouret, penché au-dessus d'un bureau. Son profil émacié, sa tête pâlie, rasée à l'américaine, se détachait sur le revêtement de sombre boiserie de la muraille, sous la lueur du bec de gaz allumé en plein jour.

Subitement calme, Jean s'approcha, et son frère, tournant la tête, se leva, tout raide, sans bouger de place.

— Toi ici ! Par exemple ! Tu aurais dû envoyer un mandat ! Encore de l'argent gaspillé pour rien !

Dorloy demeura pétrifié. Quel accueil ! Et c'était Marc qui reprochait une dépense inutile à celui qui accourait à son secours !

La voix baissa, moins dure :

— Tu apportes la somme entière, au moins ?

Les doigts enfiévrés de Jean glissèrent une enveloppe dans la main tendue.

Marc, rasséréné, prononça :

— Merci..... Tu sais, je suis très occupé. Restes-tu deux jours à Paris ? Trois ?.....

— Je pars ce soir, pour ne pas payer l'hôtel.....

— Bon principe. Je ne te verrai guère. Mon père va bien ?.....

— Tu sais que non, répliqua Jean en le regardant.

— L'auto-suggestion joue un si grand rôle dans toutes les maladies !.....

— Pas pour nous autres, dont la santé est la fortune ! Nous n'avons pas le temps d'être le jouet de notre imagination.

— [illegible] continue à te bien porter. Ma parole, avec un teint si fleuri et une pareille carrure, tu dois courir sus au million !

Soudain il y eut un bruit de chaises poussées, un pas sec d'interrupteur agacé par un entretien trop long.

— Je viens chercher le registre des copies de lettres, Monsieur Boisseul, articula une voix sèche. Il doit être prêt ?.....

— Tout de suite..... Adieu, Jean..... Pas une minute à moi!

— Non. *Au revoir*.....

Dorloy s'éloigna sans prononcer un mot de plus. Il reverrait son frère coûte que coûte. Il *voulait* savoir quelle était la cause de cet appel de fonds.

Et pendant toute la matinée il demeura fidèle au poste qu'il s'était assigné, allant et venant, changeant de trottoir pour ne prêter à aucun soupçon de la part des agents de police qui eussent pu interpréter dans le mauvais sens cette obstination à tenir les yeux fixés sur le vaste immeuble d'où sortaient des hommes chargés de paquets, des employés avec la sacoche en bandoulière.

Marc parut au milieu d'un groupe.

— Enfin !

— Toi ? Encore !

L'interminable attente avait bien plus aiguisé la volonté de Dorloy qu'elle ne l'avait énervée. Son bras passé sous celui de Marc le maintint fortement.

Le jeune homme sentit que la résistance était inutile. Puis un peu de honte lui venait de sa conduite. Il avait exagéré l'indifférence pour s'en faire un rempart contre les reproches.

Les deux frères avaient gagné le boulevard et tournèrent à angle droit vers un modeste restaurant, en retrait du large trottoir.

Marc, désireux d'éviter le tête-à-tête, tirait vers une table à plusieurs couverts. Mais Jean le devança et s'assit brusquement près d'un double couvert isolé dans un angle.

Dorloy évita d'aborder le sujet trop directement. Il espérait que la mauvaise humeur de son frère s'atténuerait à la fin du repas.

Quand le déjeuner fut achevé :

— Ecoute-moi, dit-il. Ton père, en t'envoyant ces mille francs, fait un sacrifice au-dessus de ses ressources..... Ah! non, ne te lève pas ; reste, je t'en prie ! Je suis venu pour t'exposer la situation.....

— Les questions d'intérêt de fortune concernant mon père te regardent moins que moi, dit Marc, agressif.

— Tu te trompes. Je gère et je cultive tout à la fois. Mieux que personne je connais les dépenses indispensables et les revenus, si minimes, hélas !

— On dirait que cet argent t'appartient.....

— Je contribue à le gagner !

Dorloy sentait qu'il devait tenir tête.

— Je remplace à la fois le père qui ne peut plus travailler et les fils qui l'ont quitté.

— Tu es vraiment un être universel !.....

Mais la tentative de raillerie tomba sous le regard de Jean.

— De loin ou de près, mon ami, dit-il, sache que nous luttons contre les plus grandes difficultés. Il est impossible de pourvoir à l'éducation des enfants et à leur surveillance..... Les terres en friche restent incultes, faute de bras..... Avec ces mille francs, j'espérais arriver à obtenir cette année une récolte tardive, en défrichant une parcelle du nouveau terrain.

— Une fâcheuse acquisition !

— Non pas quand elle a été faite..... et que nous étions quatre !

— Ni Hilaire ni moi n'avons été consultés.

— Votre père pouvait-il se douter que vous le quitteriez ?

— Avions-nous fait serment de rester attachés au seuil des Herbines, comme des chiens de garde ?

— Tu déplaces la question.

— Non pas..... Je la pose.....

— Admettons ce qui *est*..... Tu gagnes autant que rend le domaine et tu es seul !

— Mon petit Jean, tu vois, je suis gentil, je ne me révolte pas contre les avis que tu me donnes ; mais t'imagines-tu que je sois venu à Paris pour y végéter ? Je veux y « vivre » ! La jeunesse passe, je veux en jouir le plus possible !

— Et tu « vis » davantage dans ce bureau, si sombre qu'il faut remplacer, à midi, le soleil absent par la lumière du gaz qui te brûle les yeux ? Tu « vis » mieux qu'aux Herbines dans une chambre sous le toit de cette maison noire dans laquelle je suis allé te chercher ?

— Oh ! j'y reste si peu.....

— Où es-tu donc ?

— Là où je m'amuse.

— Est-ce que tes amusements doivent assombrir la vie des autres ?

— En quoi ?

— Par des privations.

— Revendez les nouvelles terres. C'est une solution.

— Ton père les a payées très bon marché, il n'en tirera rien en ce moment. Promets-moi de ne plus recommencer. Tu lui as fait tant de mal ! Songe à ce qu'est devenue l'existence de ce malheureux homme, si rude travailleur, condamné à l'oisiveté, immobilisé, et qui n'a plus contre les soucis et les chagrins le dérivatif du labeur et du long sommeil qu'il procure.

— Ne prêche pas ! Croyez-vous donc, mon père et toi, que je fasse des dettes pour le plaisir de gaspiller de l'argent et pour me créer des ennuis ?

— Mais si ce n'est pas pour ton plaisir ?..... Alors ?.....

— Ne jouons pas sur les mots. Si tu crois que c'est agréable de rédiger une épître comme celle que j'ai élaborée avant-hier!

— La lire nous a été plus pénible, je t'assure.

— Et attendre la réponse ! Encore une autre joie, n'est-ce pas ? Si l'argent n'était pas arrivé !

— Tu m'as pourtant reçu de façon peu aimable.

— C'est que j'avais [illegible] venu les mains vides de [illegible] pleine de reproches!..... Certes, tu pouvais garder ta morale pour une occasion plus grave ; mais, enfin, les choses auraient pu se passer plus mal, et je te remercie.....

— Tu devrais revenir aux Herbines, Marc.

— Avec vous, aux Herbines! Pour être assommé par des histoires de culture, de bonnes et de mauvaises récoltes, de verger et de potager, de fraises qui coulent parce qu'il pleut trop; de haricots qui se dessèchent parce qu'il ne pleut pas assez!.....

— Tout cela compose la vie rurale..... la vie qui alimente l'existence de tous. Ces petites choses grandissent par leur but.

— Des clichés ! Henri IV : la poule au pot ! Sully : labourage et pâturage, etc., etc. Tu exagères la forme de l'existence des champs! Horace, Virgile, ces vieux ruraux amateurs! Ils me faisaient prendre la campagne en grippe à coups de vers latins et de pensums.

— J'en ai gardé si bon souvenir ! Et des passages oubliés et si difficilement appris me reviennent à la mémoire.

— Fais grâce !

— Je n'ai nullement l'intention de les réciter. Je les traduis par mon travail de chaque jour.

— Nous avons fini notre repas extra-frugal. Je sais que tu n'as pas l'intention de m'offrir de liqueurs ; tu dois faire partie d'une Société de tempérance ?.....

— Nullement.

— Tu as découvert cette vertu à toi tout seul ?

— Je n'y ai aucun mérite..... l'habitude.....

— Terminons là. Je retourne dans ma boîte. Quel enfer ! Quel bagne !

— Tu en conviens !..... Alors?

— Alors, pourquoi ne vais-je pas « revoir ma Normandie » ? Parce que les plaisirs de Paris dépassent ses inconvénients. Ne me prends pas ainsi sous le bras, nous ressemblerions à une caricature de Gavarni..... Je file, amuse-toi jusqu'au départ, bien que dans l'après-midi on s'amuse moitié moins que le soir. Mais tu n'es pas gâté..... Ah! à propos, que devient Hilaire?

— Il a envoyé deux cartes postales durant la dernière quinzaine.

— De la part d'un *business-man* qui considère le reste du monde des hauteurs de son gratte-ciel, c'est merveilleux..... Adieu !

— Au revoir! Songe, mon ami, que tu dois ménager ton père. Pense à l'avenir des petits..... Ne vis pas comme un étranger pour les tiens.....

Fut-ce une illusion ? Jean crut voir un léger frémissement des paupières. La conscience s'éveillait-elle chez ce déraciné volontaire ? Ce ne fut qu'une lueur. Le visage reprit son expression à la fois gouailleuse et fermée, la main glissa froidement hors de l'étreinte, appel du frère au frère et geste de supplication.

V

— Eh bien, docteur, on ne vous voyait pas souvent par là, autrefois !

Antoinne Fouget passait, comme par hasard, dans la rue

qui longeait la maison d'école et regardait attentivement la partie habitée par l'institutrice.

Le Dr Lestral, grand, de belle carrure, avec des yeux bleus pleins de franchise, la moustache épaisse, grisonnante, n'avait rien perdu de son allure militaire. Trente ans de service, la retraite avec quatre galons et la croix, puis le retour au pays, l'installation dans sa vieille maison jadis très gaie, très hospitalière, dont tous les hôtes s'étaient peu à peu envolés pour l'autre vie ou pour les quatre coins de la France. Mais lui, Olivier Lestral, était, comme il le disait de lui-même, « retourné à son nid, comme un vieil oiseau fatigué d'un long vol ».

A être ainsi interpellé familièrement par le personnage tant soit peu louche qu'était le placier en vin, le docteur arqua ses sourcils, et, sans regarder son interlocuteur, répondit :

— Je vais partout où mes soins peuvent être nécessaires.

— J'espère que ce n'est pas notre jeune institutrice qui a fait appel à votre science ?

Périgot employait volontiers, pour relever son langage, des phrases toutes faites.

— Mlle Miley ne manquera pas d'être touchée de votre sollicitude.....

Le docteur tourna les talons et songeait :

— Ce n'est pas la peine d'en dire plus long à ce mécréant !

Tenant encore son chapeau entre les doigts, Anthime poursuivait Lestral d'un de ces saluts qui semblait chercher à retenir ceux qui s'éloignent.....

— Rien à faire ! grogna Périgot furieux. Il n'a pas besoin de moi ; il n'a même besoin de personne ! On ne sait quel service lui rendre pour avoir barre sur lui !..... J'ai été un imbécile ! Au lieu de l'interroger sur le vif, j'aurais dû l'amener de plus loin..... A présent, ce sera difficile, je ne le rattraperai pas..... Quel coup de filet s'il avait parlé ! Je tenais à ma discrétion cette renchérie, et il eût bien fallu qu'elle cédât..... dans la crainte de perdre sa place.....

Par elle, je ferais la pluie et le beau temps ! L'institutrice communale pour ceux qui marchent avec le gouvernement ! Catholique pour ceux qui n'ont pas le moyen de se payer une école libre.....

Pourvu que le docteur ne m'ait pas deviné..... Il est roublard ! Ce doit être la vieille femme qui est malade. A cet âge-là, on ne se guérit pas vite. Il reviendra demain ; je guetterai tant que je pourrai.....

Périgot s'éloignait à regret du lieu de ses investigations, faute du moyen voulu de les brusquer, lorsqu'il se trouva en face du maire.

Celui-ci était sensible à la flatterie! Donc, il n'était pas irréductible. On saurait par où le prendre.

Une idée!

Et, sans en calculer les conséquences, Anthime fonça sur le maire, la main tendue, le visage barré de ce sourire inquiétant qui avait, la veille, troublé l'institutrice.

— Vous allez aux nouvelles ? Cela ne sera peut-être rien.

Et, devant l'interrogation stupéfiée qui suivait cette apostrophe :

— Mais oui! Monsieur le maire, vous êtes trop vigilant pour ne pas aller voir ce qui se passe à l'école, quand le docteur en sort à l'heure des classes! Quelque accident! ces enfants sont si turbulentes! ou quelque symptôme de maladies contagieuses. Ne vous alarmez pas..... Il y a des épidémies partout.

— J'y cours.....

Lamelin, quand il croyait courir, ne dépassait guère l'allure moyenne d'un homme qui ne flâne pas.....

Anthime le suivait et tentait de parler du beau temps qu'il faisait pour en venir à autre chose, mais sans que le monologue se transformât en dialogue. Mieux valait changer de tactique.

— Je vous laisse, prononça-t-il tout à coup, vous avez des devoirs à remplir.

Et Périgot s'en alla avec la mine discrète d'un homme qui ne veut pas se mêler des affaires des autres.

— Il découvrira quelque chose, se disait-il, et je le ferai parler ensuite! Bien joué, docteur! On se passera de vous!.....

Le maire, alarmé, car il redoutait les responsabilités, pénétra dans l'école.....

En arrivant derrière la porte vitrée, il aperçut l'institutrice, debout dans sa chaire, à demi-tournée vers le tableau noir sur lequel, d'une main ferme et rapide, elle traçait les contours de la Bretagne. Les élèves, grandes et moyennes, écoutaient, attentives, les explications. Les petites, placées en arrière, faisaient, sans lever le nez, leur page d'écriture.

Lisa prenait toujours soin que les leçons des unes n'empêchassent pas les autres de faire leurs devoirs.

— Que m'a donc raconté ce bavard? pensa Lamelin. S'il y avait quelque chose d'anormal, les enfants ne travailleraient pas avec tant d'ordre et de calme.

Cependant, il était venu là pour « savoir », il devait interroger, et, doucement, saisit le bouton de la porte.....

A ce bruit inusité, toutes les têtes tournèrent comme des girouettes au souffle du vent.

La première surprise passée, Mlle Miley devint très pâle ; posant la craie au rebord du tableau, elle descendit vivement les marches de l'estrade.

— Je suis fâché de vous interrompre, Mademoiselle, dit le maire embarrassé..... Ne vous dérangez pas..... J'étais venu, ou plutôt, j'avais cru devoir venir..... On m'avait averti que le docteur sortait d'ici..... J'ai craint qu'un accident ne se fût produit, ou un mal subit advenu à l'une des enfants..... Vous comprenez..... Je suis responsable, moi aussi.....

Lisa comprenait bien mieux que Lamelin lui-même! Elle s'efforçait à la tranquillité apparente.

— Il n'est rien arrivé à aucune des enfants, Monsieur le maire, dit-elle.

— Désolé, désolé! c'est-à-dire! non, je suis enchanté qu'il ne se soit rien produit de fâcheux! On s'est trompé, et on m'a induit en erreur. Votre manière d'enseigner est parfaite!

En dépit de sa chaude alarme, Lisa ne put s'empêcher de sourire.

— Oui, Mademoiselle, je dirai que tout va bien! Continuez, continuez!

Lamelin tirait à lui la porte, lorsqu'une fillette, fort délurée, s'écria :

— C'est bien le docteur qui parlait dans l'escalier, tout à l'heure, quand je suis allée dans le corridor pour chercher mon mouchoir qui était tombé!

Lisa estima qu'elle n'avait pas à hésiter ; elle dit fort simplement :

— J'ai chez moi ma sœur et une vieille amie. Celle-ci est malade. J'ai prié M. le Dr Lestral de venir la voir. Je n'ai pas quitté la classe pendant sa visite : vous pouvez être assuré, que, au moindre accident, la famille de l'enfant serait prévenue aussitôt.....

— Je vous ai dérangée pour rien..... toutes mes excuses !

— Vous veniez remplir votre devoir, Monsieur le maire.....

. . . .

Dix minutes plus tard, Lamelin rencontrait de nouveau Anthime.

— Eh bien ! Monsieur Périgot, dit-il, quand vous n'aurez pas de renseignements plus précis à me fournir, vous pourrez les garder pour d'autres ! ou, mieux encore, pour vous-même ! Pourquoi cette diable d'idée d'accident ou de maladie contagieuse vous est-elle venue à l'esprit ?

— J'ai cru bien faire en vous avertissant, on n'est jamais trop prudent lorsqu'on occupe un poste élevé. Peut-être l'institutrice a-t-elle reçu des parents, des amis..... et alors, le docteur a pu.....

— Certainement ! mais cela ne vous regarde pas, Monsieur Périgot.....

— A vous le bonsoir, Monsieur le maire !

VI

— Voulez-vous nous donner des sous ?

— Des sous! n'est-ce pas?

11 heures sonnaient..... Jean quittait la gare au retour de sa longue journée passée à Paris, lorsqu'il s'entendit interpeller de la sorte.

Il continua sa marche. Des pas se réglaient sur les siens.

L'écart brusque d'un nuage, poussé par le vent, découvrit, dans le ciel, un coin de bleu, puis une trouée de lumière, et un rayon de lune tomba sur deux formes..... tailles d'hommes..... visages d'enfants.....

Avec ces gaillards, Dorloy seul, en cas de lutte, pouvait avoir le dessous! Il n'y songea point ; nul n'avait moins que lui la tête remplie d'histoires de brigands !

Les « mauvais garçons » ne manquaient pas dans le pays, mais leurs déprédations relevaient plutôt du garde champêtre que de la justice.

A être ainsi accosté, Jean éprouva seulement une sensation

désagréable, mais nulle alarme sérieuse ne lui fit perdre son sang-froid.

— Vous êtes d'âge à travailler, dit-il sans esquisser le geste, requis de façon si péremptoire.

Cette fois encore, les deux réponses se croisèrent avec la même nuance que l'interpellation.

— Faudrait pouvoir ! Il y en a d'autres qui ne travaillent point !.....

Dorloy tourna les yeux à droite et à gauche et regarda plus attentivement les deux visages.....

— Ben ! vous ne nous avez jamais tant vus !

Un rire gouailleur éclata du côté gauche, ponctuant la phrase.

— Si ! je vous ai déjà vus, de loin.

— Nous y passons, chez vous, en bricolant de toutes les manières, pas souvent ! Mais des fois.....

Quel sens exact fallait-il donner au mot « bricoler » ?

Jean voulut l'interpréter dans le meilleur sens..... et, sans appuyer, demanda :

— Quel métier apprenez-vous ?

— Pas l'âge !.....

— Il y en a pour tous les âges, proportionné à toutes les forces.....

— Possible ! mais point dans les campagnes..... faut qu'on vous y aide..... et dans les villes, les patrons ne peuvent pas. Quand on n'a pas de parents ni personne ! Alors..... voilà..... On cherche à gagner de quoi manger!

Cette autre voix, celle de droite, n'avait pas le rauquement bestial de l'autre.

— La voix du bon larron !

Cette pensée, traversant l'esprit de Jean, en fit germer une autre.....

Le jeune homme s'arrêta net.

— Vous n'avez jamais votre nourriture assurée ? interrogea-t-il.

— Non ! et ça dure longtemps : une journée sans pain !

— Et cela mène loin, reprit la voix de gauche se nuançant de menace.

— Où habitez-vous ?

— De-ci, de-là !

— Il y a longtemps que vous avez perdu vos parents ?

— On ne sait pas..... On ne se souvient plus!

— Et comment viviez-vous ?

— De tapes, de pain dur et d'eau claire. Nous étions restés dans la masure, à l'entrée de la ville, puis un jour..... à la porte! Des petits mioches, hauts comme ça! nous couchions dans des hangars!

— Vous avez été à l'école ?

— Fallait! quand on nous y forçait. Lui! il a appris..... Et le geste admiratif, esquissé du côté droit, désignait le « bon larron ». Moi..... je sais rien.

— Et depuis, qu'êtes-vous devenus ?

— Depuis! je l'ai assez dit, bourgeois!

Jean s'était retourné et saisit le méchant regard qui passait dans les yeux de l'adolescent.

La phrase du début revint, plus accentuée, plus exigeante :

— Des sous !

— Je n'en ai guère, répondit Dorloy, dont la bourse était, suivant l'expression des anciens, « remplie de toiles d'araignées », mais je ne vous laisserai pas mourir de faim.

— Retournez vos poches!.....

Jean fit face au mauvais larron.

— Nous allons entrer dans le bourg, dit-il, je vous ferai donner du pain et du fromage.

— Et une chopine ?

— De l'eau et un verre de cidre !

— Et où allez-vous nous loger ?

— On vous casera sous un hangar clos, il y a de la paille..... Vous n'êtes pas gâtés, n'est-ce pas ?

— Je préférerais un lit.

— Vous l'aurez plus tard !

— Et où cela ?

L'interrogation spontanée éclatait sur les lèvres du bon larron.

— Chez vous ?.....

— Il ne faut pas nous en conter!

— Je ne vous en conte pas ; il y a un commencement à tout ! D'abord une botte de paille. Je dormais bien ainsi aux manœuvres, lorsque j'étais soldat !..... Après la paille, la paillasse, puis le matelas, et enfin le lit.

— On verra !.....

— N'avez-vous pas assez de l'existence que vous menez? Je vous apprendrai un métier, et vous aurez un logement à vous !

— Des rentiers, quoi !

— Plus tard ! Pour le moment, le travail !

— Défendu par les lois, sommes trop jeunes, bourgeois !

— Le travail sera proportionné à vos forces.....

— Et la liberté, bourgeois ? La liberté de lâcher quand on en aura assez ?

Dorloy comprit qu'il devait rendre la main. Pour le moment, pas de discussion.

— Celui qui n'est pas enfermé est toujours libre de s'en aller, dit-il. Mais la clé des champs n'est pas la liberté quand on a la faim à ses trousses.....

— Nous savons ! murmura la voix de droite.

Jean s'arrêta, comme il l'avait dit.

— On vous hébergera dans cette maison, prononça-t-il.

Les deux adolescents jetèrent un coup d'œil sur l'habitation et ses dépendances.

— Demain vous trouverez autre chose, si vous voulez travailler.

— Surtout, pas de lambris dorés, bourgeois ! gouailla la voix de gauche.

— Allons, entrez ! Je vais donner mes instructions, et vers 6 heures du matin, je viendrai vous chercher.

. . . .

Lorsque Jean rentra aux Herbines, tout le monde était plongé dans le sommeil.

Après s'être préparé un repas frugal que Polyphie n'avait pas songé à disposer sur la table de la salle à manger, il alla se jeter à demi dévêtu sur son lit, ramenant sur lui les épaisses couvertures de campagne pour se réchauffer.

Pendant une heure au moins, il lui sembla que ses forces étaient anéanties, après le coup droit qu'il avait reçu et le voyage rapide qui équivalait pour lui, l'éternel rural, à la secousse d'un déracinement.

Enfin Dorloy s'endormit. Le sommeil redonna d'élasticité à l'être physique et moral. Quand il se réveilla, il avait retrouvé toute son énergie. Il la doublerait pour arriver à combler la brèche pratiquée dans les médiocres ressources par l'enfant prodigue, il entreprendrait tout de suite le corps à corps avec la terre, sous sa forme la plus ingrate : le défrichement.

Promptement vêtu, Jean se hâta d'aller rejoindre ses protégés, tout en songeant :

— Je ne suis qu'un menu rouage dans la grande machine. mais Dieu a voulu édifier le christianisme sur les étais les plus fragiles pour en faire ressortir la miraculeuse solidité. Le problème social se résoudra par l'ensemble de petits moyens bien agencés les uns avec les autres, et non par l'ouragan du grand soir.

Il avait trouvé ses deux protégés debout, secouant la paille qui s'attachait à leurs cheveux et à leurs vêtements, et commença à leur poser une question bien simple, à laquelle il n'avait point pensé la veille :

— Comment vous appelez-vous :

— Lui, Blaise ; et moi, Loup. Hein! cela me va, ce nom-là!

Dorloy n'en avait pas demandé davantage et les avait emmenés tous deux. Le long de la route, ils mordillaient les morceaux de pain de la veille, un peu dur, que l'aubergiste compatissante avait glissés dans leurs poches.

A présent, armés l'un d'une bêche, l'autre d'un râteau, ils suivaient Dorloy pour « raffiner le travail » en égalisant les mottes de terre.

Jean commençait donc à poser la première équation du problème social de l'aide mutuelle et proportionnelle, dont l'idée lui était venue alors qu'il cheminait la nuit entre les deux vagabonds.

A des êtres ignorant et méprisant le travail, il voulait en enseigner les avantages par la grande leçon de choses : l'action immédiate.

L'oisiveté, le manque de direction avaient dégradé ces adolescents, il les relèverait à leurs propres yeux et à ceux des autres.

Il leur procurerait, avec l'abri et la nourriture, le salaire proportionné aux services qu'ils pouvaient rendre, et lui-même, ainsi aidé sans avoir à faire face à une dépense au-dessus de ses moyens, retournerait la glèbe longtemps reposée pour y jeter la féconde semence.

De ces errants il ferait des ouvriers de la terre abandonnée.

et peu à peu il leur ferait partager les avantages de la progressive conquête, il les y intéresserait, il les fixerait, il leur donnerait ce morceau du sol national qui attacherait à la patrie leurs âmes déracinées.

Mais l'obstacle se dressait au début même de l'entreprise. Jean n'était pas le maître, il devait rendre compte à son beau-père de ses moindres actes. A quelles objections n'allait-il pas se heurter ? N'importe, il commencerait l'œuvre, parce que l'œuvre était belle. Il se révélerait tout en bonté à ces ignorants.

De leur part, une double manifestation se produisit. Blaise se montra timide, Loup éclata en gros mots. Dorloy dut sévir, il ne tolérerait pas les écarts de langage, mais il atténua la répression dans l'espoir de mieux connaître cette nature pervertie dès l'enfance peut-être par la brutalité des hommes.

VII

Au milieu de la journée, Jean avait commencé à pressentir chez Blaise une tendance au relèvement. Loup se redressait pour la révolte ou se courbait sous la rafale des passions.

Un peu avant le moment où ils allaient quitter le travail, l'automobile du Dr Lestral ronfla sur la route et s'arrêta près de la haie en bordure des jachères.

Sautant à terre pour donner une poignée de main à Jean, par-dessus les arbustes, Olivier fixa les deux travailleurs.

— Hé ! mes gaillards, c'est bien vous que j'ai surpris le mois dernier, cherchant à percer mes pneus, sur le chemin des Luzernes, auprès de Champlusé ?

Loup se rebiffa :

— Nous n'avons pas pu ! Rien à dire....

— Et même à vous remercier. Seulement, si vous aviez réussi, je serais arrivé trop tard pour sauver mon malade.

Un mauvais rire écarta les lèvres de Loup. Il grommela, sans être entendu, d'ailleurs :

— Eh bien, si le pneu avait crevé et que le malade eût réchappé, ce ne serait pas nous, peut-être, qui l'aurions guéri ?

— On vous matera, jeunes apaches !

Blaise ne bronchait pas et traînait le râteau, mais son visage se contractait.

— Ils n'ont pas à être matés, intervint Dorloy.

Bien mieux que cet homme, qui lui était pourtant supérieur sur tant de points, il possédait l'intelligence de cette catégorie d'êtres humains, définie souvent, très mal définie, d'ailleurs, par cette expression : « les malheureux ».

— Ce sont, reprit Jean, des laborieux auxquels deux choses indispensables manquaient : le travail et la direction.

— Quinze minutes de repos, ajouta-t-il en se tournant vers ses aides. Allez sous le pommier, le grand, là-bas, ouvrez la musette, vous y trouverez du pain et du cidre.

Ils s'en allèrent, dégingandés, se heurtant.

— Voyez, ils se choquent l'un contre l'autre, pour le plaisir de se brutaliser! Vous voulez convertir ce gibier de correctionnelle ?

Jean abaissait sur ses poignets les manches retroussées de sa chemise.

— J'essaye, dit-il, simple et laconique.

— Qu'essayez-vous ? De ramener ces garçons à la vertu ? C'est digne de votre tempérament d'apôtre, mais l'apôtre choisit de singuliers disciples !

— L'apôtre, s'il choisissait ses disciples parmi les convertis, ne verrait pas augmenter le nombre des fidèles.

— Mon ami Jean, vous êtes le meilleur garçon que je connaisse. Mais avez-vous besoin d'ajouter ce mérite à ceux que vous possédez déjà ?

— Pourquoi parler de mérite ? Nous devons nous aider les uns les autres....

— Expliquez-vous.

— Je ne puis suffire à la tâche et je ne puis, comme d'autres fermiers, payer la main-d'œuvre qui vient de loin..... Certes, tous les hommes sont frères, mais ne vaut-il pas mieux enlever deux compatriotes à la troupe du crime (je ne veux pas user du beau mot « armée » devant un tel génitif) et les replacer dans les rangs des bons citoyens français (les vrais citoyens conscients !) que d'appeler des étrangers dans le cœur même du pays pour prendre la place de nos nationaux ? Je les payerai suivant mes moyens et leurs nécessités. Ils gagneront bien plus qu'ils n'eussent gagné en apprentissage. Ils échappent ainsi à la loi peu tutélaire qui leur interdit de travailler dans les villes. L'agriculture les recueille sur la grande route de l'oisiveté.....

Le bon air sain des champs compensera pour eux la fatigue du travail manuel.

— Allons, vous faites de l'antisepsie morale ! Ce n'est pas moi qui vous le reprocherai, mon cher confrère ! Et que dit Boisseul de tout cela ?

— Je lui ferai accepter peu à peu la situation.

— Vous semblez douter.....

— Je doute de moi, je ne doute pas de la protection de Dieu.

— Le séminariste perce le masque du laboureur !

— Le séminariste et le laboureur ne font qu'un seul chrétien !

— Je ne suis pas venu pour entendre un sermon, dit Olivier très bref.

— Docteur, avez-vous ouvert l'Evangile depuis que vous êtes arrivé à l'âge d'homme ?

— Inquisiteur !

— Alors ?..... Non !..... Je vous en prie, donnez-vous à vous-même la raison de votre libéralisme ; vous avez l'âme évangélique, vous êtes charitable, mais vous laissez mettre par les préjugés des barrières autour de votre charité.

Lestral eut un geste d'impatience. Jean disait vrai. Il possédait d'admirables qualités auxquelles manquait le beau rayon de lumière qui donne le reflet divin aux choses humaines. Le curé disait de lui : « Cet homme reviendra à Dieu en y ramenant les autres! »

— Je laisse mon auto sous votre garde, dit tout à coup le docteur. Je ne craindrai pas le sabotage. Je vais aller voir votre beau-père....., une visite d'amitié !

C'étaient toujours des visites « d'amitié » qu'Olivier Lestral faisait à Boisseul.

Dorloy ne s'y trompait pas. La mentalité et l'éducation de ces deux hommes étaient si différentes !.....

Il était reconnaissant de cette formule discrète qui lui ôtait la préoccupation d'une dette future. Et sous ce prétexte le docteur atténuait sans compter ses soins les souffrances du vieux terrien. Il n'avait pas de meilleure manière de témoigner à Jean la sympathie qu'il ressentait pour lui.

Dans le vestibule, Lestral trouva Pierre et Marthe qui jouaient au volant.

— Allez courir dehors, par ce beau temps ! commanda-t-il.

Un chapeau de paille pour éviter le coup de soleil, et vivement!

Pierre grimpa l'escalier. Marthe allait le rejoindre pour explorer avec lui le coin du grenier où Polyphie entassait l'hiver les vêtements d'été et l'été les vêtements d'hiver. Le docteur retint la petite fille :

— Tu n'as pas la mine d'une campagnarde, dit-il. Tu as les paupières et les gencives blanchâtres. Je ne veux pas de cela.

— Cette enfant manque de soins féminins, murmura-t-il entre ses dents, tandis que, saisissant un des chapeaux de paille, bosselés, invraisemblables, apportés par Pierre, et choisissant celui qui possédait encore la totalité de son fond il en couvrait les cheveux blonds mal peignés.

— Que je te revoie avec un teint de soleil couchant ! et filez tous les deux! prononça-t-il.

Pendant un instant il les regarda s'éloigner.

— Pauvre petite! songeait-il. Quel abandon! Jean est le meilleur des frères, mais il ne peut suffire à tout.....

Et soudain, comme s'il y eût une connexité, le souvenir de Mlle Miley et de la charge lourde et imprévue qui venait de tomber sur elle lui vint à la mémoire.

— Jean et l'institutrice, pensa-t-il, voilà bien les deux êtres qui pourraient se réunir pour marcher côte à côte dans la vie, et qui seront peut-être, chacun séparément, l'éternel portefaix des fardeaux des autres !

Lentement, il suivit le couloir pour gagner la porte de Boisseuf ; sa pensée changea d'objet.

— Cet homme-là cache un mystère d'angoisse sous sa rude écorce et en accable ceux qui l'entourent.

L'homme maussade, sur lequel les médicaments restent presque sans prise, est un père endolori, ignorant la bonne souffrance..... Car il y a une bonne souffrance!..... Le bon poète a raison!.....

L'abandon de ses fils le froisse au plus profond de l'être. Il se replie comme un vieux sanglier dans sa bauge, au lieu de s'occuper des deux petits qui lui restent et de reconnaître le merveilleux dévouement de Jean.

Lestral franchit le seuil de « la bauge » assombrie par les volets à demi-clos.....

Lambert chassait les beaux rayons dont il ne pouvait plus jouir au plein air.

Le docteur marcha droit aux fenêtres, écarta les rideaux, grands et petits, ouvrit les volets et vint s'asseoir en face de Boisseul. Il accoutumait ses clients à cette façon de faire et il ne s'embarrassait pas, d'ailleurs, de leurs récriminations.

Jean n'étant plus là pour discuter sa propre thèse, Lestral ne cessait d'y penser et la faisait sienne !

Il songeait même à l'exposer devant Lambert, puis il réfléchit qu'il ne s'était pas encore suffisamment assimilé les idées de Jean pour ne pas sembler réciter une leçon en les exposant.

— Mon cher Boisseul, dit-il en saisissant le poignet du vieux terrien, je ne sais au juste ce que vous pensez de votre beau-fils..... Ah ! vous avez le pouls meilleur. Allons ! c'est la détente ! Mais, je vous en prie, de la lumière, du soleil ! Ne dirait-on pas que vous allez subir l'opération de la cataracte ?

— Si ce n'était que cela !

— Vous blasphémez ! Gardez vos yeux !..... Je tâcherai de vous rendre vos jambes. Je vais essayer un autre traitement.

Devant le regard élargi qui se fixait sur lui avec une sorte de terreur, Olivier Lestral répondit, très calme :

— *Nous essayerons* ensemble ! J'ai tout ce qui est nécessaire chez moi pour l'application de ces remèdes peu connus encore. Je vous associerai à une expérience. Vous apporterez vos maux, mon pauvre Boisseul, j'apporterai mes soins, et nous ferons de bonne besogne. Qui sait ? Bientôt peut-être vous retournerez dans vos champs!..... Ne croyez pas que j'aie perdu le fil de mes idées..... *Nous* parlions de Jean, la dernière fois que je suis venu, n'est-ce pas? Brusquement, j'ai passé à un autre sujet. Je reviens..... Jean est un auxiliaire précieux, au delà de tout, et je vous engage à lui donner carte blanche.

— Que ferait-il s'il ne travaillait pas ici ?

De nouveau le sanglier se tassait sur lui-même et pointait ses défenses.

Le docteur répliqua vivement :

— Ce qu'il fait ici, mais en recevant un salaire.....

A peine avait-il jeté cette phrase qu'il la regretta.

Boisseul était devenu très pâle et, grinçant des dents :

— Ah ! qu'il s'en aille donc aussi, celui-là ! Après ce que j'ai fait pour lui..... Ce sera complet !

Lestral avait rapproché son siège et posa une main sur le bras de Lambert.

— Je me suis mal expliqué, dit-il, ou vous avez mal compris..... Peu importe, le résultat est le même ! Jean ne s'est jamais plaint.....

— C'est heureux !.....

Les syllabes se perdaient dans la barbe touffue, hérissée.

— Mais vous partez d'un point faux en disant qu'il vous doit tout.....

— J'ai épousé sa mère, qui n'avait rien.....

— Permettez! *Sa* mère est devenue *votre* femme! En l'épousant, vous contractiez vis-à-vis d'elle des devoirs étroits..... Jean sait, lui, tout ce qu'il vous doit, n'en doutez pas....., comme au second mari de sa mère pauvre.

— Je l'ai élevé.....

— Il n'a jamais été à votre charge ! Et depuis combien de temps travaille-t-il pour vous? Inutile de discuter sur des points de détails. Permettez-moi seulement de vous dire : Laissez faire Jean et laissez-vous soigner par moi.....

Le docteur s'était tu. Il semblait hésiter. Allait-il parler des « autres », des transfuges ? Les mettre en contraste avec leur frère ? Le médecin devait faire passer le devoir professionnel avant le devoir de l'ami et du protecteur. Il n'élargirait pas la plaie.

— La plus grande partie du mal n'est pas de mon ressort, pensait-il, mais de celui de la Providence, dont Jean parle toujours. Décidément, je lui laisse exposer ses idées lui-même. Il a la foi, lui, et ceux qui ont la foi sont bien heureux..... Je ne peux donner à cet homme ce que je ne possède pas. J'entretiendrai en lui l'espérance, l'espérance humaine de la guérison, c'est tout ce que je puis faire.

— A demain ! prononça-t-il, et bon courage !

Lambert se rejeta sur le dossier du fauteuil, les yeux à demi clos. Puis, quand il eut entendu la porte se refermer, il murmura :

— Jean peut mourir demain, le docteur aussi..... A quoi cela sert-il de compter sur des secours qui peuvent manquer si vite ?

. . . .

Dorloy avait repris sa houe, aussitôt après que le docteur l'eût quitté pour entrer dans la maison.

Sans qu'il eût entendu marcher, une voix retentit à son oreille :

— C'est pas juste tout de même, vous travaillez pendant le repos !.....

Blaise était à côté de lui, tout différent de ce qu'il s'était manifesté dans son heurtement d'épaule à épaule avec son camarade, lorsqu'il se dirigeait, avec une allure de bête lassée, vers le pommier sous lequel la musette gisait dans l'herbe.

— Donnez-moi la houe, pour voir, insista-t-il, la main tendue.

— Trop lourde !.....

— Je suis fort.

— Trop jeune.

— Rapport à la loi sur les accidents..... dites ? Faudrait payer ?

Jean posa l'instrument, et, tenant sous son regard clair et franc l'adolescent :

— Il y a une loi supérieure à celle-là qui défend que l'on impose ou que l'on permette des travaux au-dessus de l'âge et de la force..... C'est la loi de Dieu !.....

Blaise laissa échapper un ricanement qu'il atténua lorsque, aussitôt, par un rire plus ouvert :

— Ce n'est pas, tout de même, que vous soyez un curé déguisé ? interrogea-t-il.

— Pourquoi cette question ?

— Vous parlez de Dieu !

— Dieu n'est pas seulement le Dieu des « curés », il est le Dieu de nous tous !

— Je savais pas, c'est drôle !.....

Calme, Blaise s'empara de la houe, la souleva avec effort et la laissa retomber sans pouvoir la diriger.

— C'est vrai ! Je ne pourrais pas ! dit-il.

Sans prononcer une parole, Jean reprit la houe et Blaise le râteau.

Soudain, le gars jeta un appel, et, se retournant vers Dorfoy, expliqua :

— Il est paresseux, mon frérot, il faut le secouer, je le hèle !

— Tu as devancé l'heure, toi, je t'en remercie !

— Vous me remerciez, moi ? Ah bien ! tout de même ! C'est la première fois que quelqu'un d'humain me remercie.

— Quelqu'un « d'humain » ? Explique.

— Tout simple ! des hommes quoi ! Souvent j'ai partagé

mon pain et un bout de charcuterie avec de pauvres chiens attelés à de petites voitures..... Le maître était au cabaret, et l'animal me regardait manger avec des yeux suppliants.

— Tu as bon cœur.

— On ne me l'a point dit..... Les chiens ne parlent pas ! Les gens ne m'ont jamais dit que des mots !

Dire des mots ! Dorloy avait saisi le sens de cette expression, qui, à elle seule, révélait tant de misère morale, causée par la mentalité d'êtres sans pitié pour le premier âge, sans miséricorde pour la première faute, et qui ne conçoivent ni la Rédemption ni la parole évangélique, qui place plus près du ciel l'humble publicain que le pharisien, orgueilleux de ses vertus de façade.....

VIII

Lucie Miley, hier encore Sœur Marie-Edmée, avait assumé la charge du petit ménage et des soins à donner à la pauvre vieille Sœur Rose.

La ligne de conduite adoptée par l'institutrice était toute simple, toute droite.

Le surlendemain de l'arrivée de sa sœur, elle l'emmena dans le bourg, et fit avec elle quelques courses indispensables, la nommant avec beaucoup de naturel, annonçant que, désormais, elles vivraient ensemble, et que la jeune fille se chargerait des travaux d'aiguille que l'on aurait à lui confier.

Tout de suite, Lisa avait offert à Marthe d'apprendre à coudre et à broder avec sa sœur. Polyphie l'accompagnerait jusqu'à mi-chemin de l'école et elle-même la reconduirait à l'heure de la leçon.....

Jean avait fait admettre cette combinaison à Boisseul en la présentant comme un avantage.....

La vie ainsi organisée, Lisa attendait..... en paix avec sa conscience.

. . . .

Périgot faisait appel à toutes ses facultés pour combiner des embûches

— Le docteur, lui, ne marchera pas ! songeait-il. Le maire non plus, et..... pourtant ! il ne possède ni aisance ni carrière libérale! il n'est pas indépendant..... Lamolin a besoin de la préfecture quand il veut obtenir des faveurs pour la commune. S'il était en mauvaise posture, il serait forcé de rétablir son équilibre en sacrifiant un ou une administrée.....

Mais avant de jouir de la délicate satisfaction de sa vengeance, Anthime allait tenter d'en venir à ses fins par voie d'intimidation.

Comme tous les gens têtus, à vue courte, il se représentait la situation d'époux de l'institutrice infiniment plus désirable qu'elle ne l'était réellement.

S'il s'était douté que les premières économies de la jeune fille s'étaient jointes à la modeste somme tirée de la vente du petit mobilier des grands-parents, pour régler leurs dernières dettes, dettes suprêmes de la maladie et de la mort ; s'il avait surtout compris que la droiture de Mlle Miley ne se prêterait pas à de louches combinaisons, il n'aurait pas poursuivi son plan avec autant de ténacité.

Le curé, un jour ou l'autre, ira voir la vieille malade, songeait Anthime ; c'est ce qu'il me faut.

Le curé dans la maison d'école! Violation de la neutralité! Un bon coup à faire! Attirer Lamelin au moment voulu! Mais ça prendrait-il? Il y a encore ici trop de gens qui vont à l'église..... On croirait même qu'il y en a davantage depuis la Séparation! Cette Séparation qui a fait tant de bruit! On disait qu'il n'y aurait plus ni culte ni prêtre..... Et après, les soutanes circulaient! et les églises restaient ouvertes! Une cartouche de dynamite chargée à blanc! C'est curieux comme il y a des gens qui ont la vie dure ! Tout de même, il y a les Congrégations!..... On en jette sur le pavé, et des religieuses expulsées sont hébergées chez l'institutrice! Seulement, il faut que je puisse fournir la preuve que ce sont des religieuses! Les sacs noirs ne suffisent pas!..... Il faut trouver autre chose..... Cherchons!.....

Périgot ferma son magasin de bonne heure et flâna aux abords de l'école. Tantôt sous un prétexte, tantôt sous un autre, il échangeait quelques mots avec les fillettes qui sortaient, les interrogeant, jugeait-il, avec beaucoup d'adresse, mais aucune n'avait jamais pénétré dans la partie de la maison réservée à Mlle Miley..... Périgot, la plupart du temps, n'obtenait pour réponse que des hochements de tête mutins, ou des « non » tout courts, accentués d'un regard moqueur.

— Les fines mouches, elles raillent déjà, comme si elles avaient vingt ans !

L'instinct de ces enfants les avertissait que, seule, la curiosité, un « vilain défaut », déclarait souvent Mlle Miley, suggérait toutes ces questions.....

Dépité, Périgot gagna la route en bordure du domaine des Herbines, lorsque, tout à coup, au tournant d'un sentier raccourci entre le centre du bourg et la campagne, Lisa parut.

Le vit-elle ou la rapidité de sa course l'en empêcha-t-elle? L'institutrice ne parut pas s'apercevoir de la présence d'Anthime ; franchissant la pente, elle ouvrit une petite grille et pénétra dans le clos des Herbines.

Jean, en la voyant de loin, repassa son veston en hâte et vint au-devant de la jeune fille.

L'entretien fut court, et aussitôt terminé par une cordiale poignée de main, chacun retourna vers sa tâche.

Mlle Miley entra dans la maison pour accomplir la rude besogne de faire pénétrer quelques notions de grammaire et d'histoire dans les pauvres petits cerveaux que l'oisiveté atrophiait malgré tous les efforts du grand frère et les siens. Dorloy retourna aux champs.

Anthime avait tout vu ; il tendait le poing en grommelant :

— Voilà pourquoi Mlle Miley n'a pas voulu de moi ! Elle a trouvé mieux !..... Que vient-elle faire aux Herbines ? S'occuper des mioches, sans doute ! ils ne vont pas à l'école..... Trop orgueilleux, M. Boisseul! et son beau-fils en profite! La belle intrigue !

Mais il y aurait quelque chose à faire de ce côté-là..... En tous cas, c'est à étudier.....

Deux cents mètres plus loin, Anthime s'arrêta net. La haie d'aubépine et de prunelliers, large et drue, le séparait des deux vagabonds, qu'il avait parfois rencontrés de côtés et d'autres.

Blaise leva les yeux, puis se remit au travail, Loup ricana et Jean dirigea des yeux indifférents du côté du placier.

Périgot se sentit gauche et mal à l'aise. Il ne voulait pas s'éloigner, et il ne pouvait continuer à rester silencieux. Il chercha ce qu'il pourrait dire à Jean qui lui fût désagréable..... et crut avoir trouvé.....

— Je ne vous avais pas encore vu à l'œuvre, Monsieur Dorloy, prononça-t-il en accentuant une grimace qui lui était habituelle. En bras de chemise, maniant la houe, vous n'êtes pas fier !.....

— Vous vous trompez, Monsieur Périgot, je suis très fier de posséder une paire de bras robustes et de les employer à retourner la terre pour la faire produire !

— Oui, cela vous amuse de jouer au paysan !

— Je ne joue pas au paysan, je le suis.

— Est-ce vrai que vous avez étudié pour être curé ?

En même temps, Périgot lançait un regard sournois du côté des vagabonds, espérant que cette révélation sensationnelle provoquerait un blasphème. Loup laissa échapper un croassement, Blaise inclina la tête.

— J'ai été élevé par des prêtres, répondit Jean en fixant le mauvais larron, mais je n'ai jamais dû entrer dans les Ordres.

— Tenez votre bouche close, vous, les vauriens ! ricana Périgot.

— Pourquoi insultez-vous ces jeunes gens ? demanda Jean.

— C'est votre affaire ! moi je les ai vus à l'œuvre.

— Vous les y voyez maintenant ! Ce qu'ils ont fait jusqu'à présent s'efface de leur existence..... Je vois en eux mes élèves, mes compagnons de travail, et je désire qu'ils soient traités comme tels.....

— Ne vous fâchez pas, Monsieur Dorloy. Je vous laisse avec vos oiseaux de passage, qui n'attendront pas la fin de vos sermons pour s'envoler !

— Tout de même ! grogna Blaise.

Périgot s'en alla en faisant le moulinet avec sa canne, si fort qu'elle lui échappa des mains, et alla choir sur le terrain encore en friche.

Anthime s'arrêta et se pencha par-dessus la haie.

— Je ne suis pas assez souple pour franchir cela, dit-il, en s'adressant à Loup, plus rapproché de lui.

Le grand garçon le regarda.

— Je voudrais vous voir faire le saut périlleux! dit-il goguenard.

Et comme Anthime insistait du geste.

— Allons-y..... la voilà, votre canne.

Le placier la prit sans dire merci et se pencha :

— Quand tu voudras boire un verre de vin gratis, murmura-

Là..... le soir..... viens frapper aux volets de la petite maison, au retour derrière la mairie. J'ai de bons échantillons.

— On verra.....

Périgot s'éloigna, cette fois, d'un pas rapide, marronnant.

— Monsieur Jean Dorloy et Mademoiselle Miley, si jamais vous comparaissez ensemble devant M. le maire, ce ne sera pas moi qui vous aurai facilité les justes noces..... Vous allez voir!

IX

L'horizon s'était éclairci autour des Herbines.

Le docteur, plus confiant dans l'influence morale que dans l'effet matériel, espérait que le nouveau traitement améliorerait l'état de Lambert Boisseul, et avec cet espoir s'effaçait peu à peu dans l'esprit de celui-ci le cuisant souvenir de son dernier chagrin paternel.

Il était moins brusque envers les deux petits, moins dur vis-à-vis de Jean, dont il tolérait « les disciples » sous l'empire de la nécessité, tout en lançant parfois au jeune homme quelques réflexions désagréables et froissantes sur sa « trouvaille ».

Loup et Blaise organisaient, dans un hangar abandonné, situé hors de l'enclos, leur installation que surveillait Dorloy dès qu'il avait un instant de liberté.

Tout en maugréant, Boisseul avait autorisé son beau-fils à disposer de quelques meubles hors d'usage que « le mauvais larron » raccommodait avec adresse et que Blaise nettoyait avec soin. Cette besogne employait les soirées.

Jean posait ainsi le principe du « chez soi », base de l'ordre et de l'économie. Il était parvenu à faire accepter à chacun un livret de Caisse d'épargne au lieu d'argent monnayé, non sans avoir eu à soutenir, contre Loup une véritable lutte!

Celui-ci, qui, par moments, se révélait comme un travailleur actif, restait néanmoins brutal et fermé..... Dorloy l'étudiait sans avoir encore pu exercer sur lui une pression suffisante pour le tenir dans sa main.

Le vagabond se dérobait au moment où son instructeur croyait l'avoir saisi ; et, pour la plus légère observation, même un simple conseil, son rire sec, troublant, retentissait avec une stridence farouche.

Pour accomplir l'œuvre de Dieu, une grande patience s'imposait..... Au gré de Jean, les adolescents étaient encore si loin du seuil de l'église! Mais, avant de révéler à ces enfants perdus, à ces intelligences enténébrées, les mystères, Dorloy cherchait à leur faire comprendre la double prédication du Christ qui appelait à lui les foules populaires, après avoir donné aux travailleurs de son temps et à ceux de l'avenir le quotidien exemple de l'Ouvrier de Nazareth.

Il essayait, tout d'abord, de placer les deux jeunes hommes dans un rayonnement de lumière accessible à leurs yeux, jusqu'à ce que ces yeux, accoutumés à la lumière, ne fussent pas aveuglés par la lueur de la révélation.

Il ne discutait pas l'absurdité de leurs idées, l'inanité de leur haine contre la religion, il tentait de les convaincre d'abord. Il leur parlait de quelqu'un de très puissant qui avait voulu vivre les plus dures réalités de l'existence..... qui avait travaillé, souffert..... Fils de rois, et cependant ouvrier..... Ouvrier honnête et laborieux, sévère à lui-même, charitable aux autres, n'enviant rien au riche.

— Cet homme, leur racontait-il, vibrait d'indignation en face de toute injustice, il maudissait les pharisiens, c'est-à-dire ceux qui se vantent d'être meilleurs que les autres, et qui font des forces populaires le levier de leurs ambitions !

— Cet homme, leur dit-il un autre jour, ouvrait ses bras au [illegible], il aimait ses semblables pour le bien qu'il leur faisait lui-même et non pour les services qu'il voulait obtenir d'eux. Il n'avait jamais attenté à leur liberté ni ne les avait opprimés au nom de l'égalité. Il voulait la fraternité, l'appui, le secours réciproque des riches et des pauvres.

Jean disait tout cela de temps à autre, juste au moment voulu, en petites phrases courtes.

Blaise arrêtait son regard sur le sien, comme s'il eût cherché une pensée qui dépassât la parole.

Le regard du « frérot », au contraire, fuyait ; cependant Loup écoutait..... Et sa curiosité était en éveil..... Le trouble nouveau qu'il ressentait depuis qu'il était aux Herbines transformait en injure l'épithète de « bourgeois » qu'il prodiguait à Dorloy avec une sorte de rage.

D'instinct, il donnait à ce mot le sens étriqué qui le détache de ses origines libérales pour en faire le synonyme d'égoïsme féroce.

Il ne disait rien, se bornant à quelque geste impertinent dont Jean ne semblait pas s'apercevoir.

Enfin, un jour, détournant la tête, il demanda :

— Quand est-ce que vous direz le nom de celui qui en faisait tant ? Faudrait pourtant le connaître..... des fois.....

— Jésus-Christ.....

— Ah bien !..... C'est pas pour nous ! Nous ne sommes pas des curés, quoi!..... Des vêtements d'or, des cierges!..... des richesses!

— Les vêtements d'or et les cierges entourent le triomphe de Dieu, mais le Crucifié sanglant sur le bois de sa croix, c'est l'image de Jésus mourant pour les hommes.

— Ah !

Qu'y avait-il dans ce « Ah ! » dont l'expression était si étrange ?

Dorloy ne chercha pas à le savoir.....

Il venait de planter la première branche qui jalonnerait le chemin..... La branche ne produisait encore aucun bourgeon..... Elle donnerait plus tard des feuilles, des fleurs et des fruits, sous la tiédeur des rayons d'en haut.....

Les grains de sénevé avaient été déposés en terre, ils pouvaient croître avec une inégale vitesse, suivant la nature du sol dans lequel ils avaient été semés.

. . . .

Périgot avait vite découvert que Marthe Boisseul se rendait tous les jours au domicile particulier de l'institutrice ; il notait ses entrées et ses sorties.

La petite, qui n'avait point l'air sot, et que son grand frère avait dû instruire en détail des choses de la religion, serait à même de lui fournir la preuve qu'il cherchait..... Il s'agissait de la faire parler. Et là, justement, était la difficulté ! La brusquer eût été tout compromettre.

Un soir où Périgot, les jambes étendues sur les barreaux d'une chaise, fumait sa pipe et s'en prenait à Lisa, à Jean et au curé, de ce que ses affaires allaient mal, sans songer à incriminer sa propre paresse, entendit frapper deux coups secs contre un des volets.

C'était le signal indiqué au vagabond qu'il s'étonnait de ne point encore avoir vu paraître.

Il eut un mouvement de joie et alla ouvrir aussitôt.

Loup parut dans l'entre-bâillement de la porte ; ses cheveux moins hirsutes, ses vêtements presque propres causèrent à Anthime une déception qu'effaça en partie cette phrase brutalement jetée :

— Je viens pour le verre de vin, vous savez!

— Pourquoi viens-tu si tard ? demanda Périgot.

— Blaise ne s'endormait pas.....

— Et cela t'empêchait de sortir ?

— Tout juste.....

— Il ne te ressemble guère!

— Oh! lui, ce n'est pas une bête fauve comme moi! Il s'apprivoise..... Il aurait même écouté les curés, si les curés avaient voulu lui parler !.....

— Ils ne voulaient pas ?

Loup éclata de rire.

— Quand on en voyait qui approchaient, vite, je le faisais filer..... J'avais peur.....

— Peur de quoi ?

— Peur qu'il ne me lâche, car je n'ai que ça au monde !

La voix s'abolit dans une émotion qui eût attendri tout autre que le placier.

A brûle-pourpoint, il demanda :

— Qu'est-ce qu'il vous donne, le citoyen Derlay ?

— Oh ! pas lourd ! De la nourriture assez..... De la boisson qui ne nous grisera pas..... Des vêtements, une petite bicoque. Puis un livret de Caisse d'épargne ! où on écrit des chiffres..... A moi, un livret de Caisse d'épargne!..... J'aurais pas cru ça de ma vie!

— Cependant vous restez aux Herbines ?

— Il faut bien! Blaise trouve que c'est bon d'être sûr de manger tous les jours et de n'avoir point peur du gendarme..... Quand je vous dis qu'il était fait pour l'apprivoisement.

— Et toi, ricana le placier..... tu l'es aussi ?

— Moi, je pense qu'y a peut-être du bon, mais que je voudrais me donner de l'air !

— C'est pour cela que tu es venu ce soir ?

— Vous savez bien qu'y a autre chose ?

— Quoi donc ?

— Le verre de vin !..... Vous avez oublié ?

— Non pas !

Périgot se leva et prépara deux verres.

— Nous allons trinquer!

Le visage de Loup s'illuminait.

— Le citoyen Jean ne trinque pas avec toi ?

— Merci! il boit de l'eau ou du cidre!

Anthime déboucha une bouteille d'échantillons..... Il voulait délier la langue du vagabond.

— Tu vois quelquefois les enfants du patron ?

— Oui, des fois..... Le petit vient avec son frère et ne le quitte pas plus que son ombre. Il nous dit bonjour,..... adieu, c'est tout.....

— Qu'est-ce qu'il fait ?

— Oh! pas grand'chose! Mais il s'occupe tout de même. Le citoyen Jean n'aime point que l'on se croise les bras.

— Et si tu essayais de croiser les tiens!

— Pourquoi ?

— Pour voir!

— Blaise me ferait des reproches.

— Laisse Blaise tranquille..... Et la petite ?

— La petite? Je n'en sais pas grand'chose. Nous n'entrons point dans la maison, nous autres. Nous faisons notre cuisine chez nous.

Une grimace infléchit la bouche du placier à cette expression « chez nous ».

— Cependant tu la vois, la fillette ?

— De-ci, de-là.....

— Elle descend au bourg ?

— Possible.....

— L'institutrice vient ?

— Possible! Qu'est-ce que ça peut vous faire ?

— Je suis curieux.

— Ça se voit! Tout m'est égal.....

— Excepté d'un verre de bon vin ?

— Vous m'en verserez beaucoup comme celui-là?

— Si tu me réponds.....

Loup dirigea un regard méfiant sur Périgot, et celui-ci jeta ces mots d'un air insouciant :

— Ça ne te fait rien d'être exploité ?

— Par qui ?

— Par le citoyen Dorloy. Un capitaliste ! Un accapareur ! qui boit la sueur du peuple!.....

— Je l'ai jamais vu boire de ce liquide-là !

— Je m'explique.

— Q'est-ce qui touchera le prix du blé après la moisson ?

— Lui ou le vieux dont on parle toujours et que l'on ne voit jamais!

— Alors, quoi ? vous travaillez pour les autres ?

Loup réfléchissait.

— Les champs ne sont pas à nous, murmurait-il.

— A qui les bras ? au citoyen Boisseul qui est paralysé ?

— Ça me met des idées dans la tête ce que vous dites là.....

— Tu y penseras !..... A quelle heure ferme-t-on la grille de l'enclos ?

— Ce n'est pas moi qui la ferme ni le frérot.

— Tu ne sais pas si on retire la clé ? où on la place ?

— Qu'est-ce que cela peut bien vous faire encore?

— Ce serait trop long à t'expliquer.

— Alors, vous ne l'expliquez pas! Je demanderai, si cela vous fait plaisir.

Le front d'Anthime se plissa de colère.

— Bouche tes oreilles. Je n'ai besoin que de ta langue.....

Loup éclata de rire.

— Ah ! vous dites de drôles de choses, bourgeois ! Comment vous répondrai-je si je suis sourd! Je n'entendrai point ce que vous me demanderez ?

Périgot se calma subitement.

— Je voulais dire qu'il fallait surveiller les fermetures..... On voit des traînards dans le pays.....

— Y en a deux de moins.

— Jusqu'à ce qu'ils y reviennent !

Loup secoua la tête.

— Ça vous fait rager que Blaise et moi ne courrions plus les grands chemins ! Y a des heures auxquelles ça m'ennuie de travailler..... J'aimerais mieux me coucher en lézard, dans les meules.....

— Laisse là ton patron!

— Mon patron ! bourgeois ! Ah ! mais !..... Dites donc..... Pas de ça !.....

— Pas de ça ! Tu appelles Dorloy « citoyen » quand tu veux

te rebiffer, « bourgeois » quand tu veux railler! Tout ça ce sont des mots ! La vérité c'est qu'il te nourrit et te paye, et qu'il se croit ton maître!

Loup en se redressant renversa la chaise sur laquelle il était assis, et, jetant ses mains en l'air avec violence, les fit retomber sur sa propre tête, faute d'un adversaire à sa portée.

— Le maître! *mon maître!* à moi? Croyez-vous que je me laisserais traiter comme cela?

— Pas en face, mais en arrière..... Il vous asservit tout doucement. Puis, un beau jour, le loup sera devenu un mouton bêlant ou un chien couchant.....

— Encore?

— N'attends pas pour reprendre ta vie errante. Etends-toi au bord des fossés..... De loin, on ne te verra pas! et tu demanderas d'abondants..... pourboires aux passants attardés.....

Cette façon d'envisager la vie des champs, jointe au nombre de rasades déjà absorbées, troublait singulièrement le cerveau de Loup.

— Ah oui ! on est bien, étendu dans le gazon quand le soleil brille. On s'enfonce dans les herbes. Seulement, ça ne dure pas toute l'année..... Et les jours de froid..... brrr! Nous ne sommes pas des ours du pôle tout de même.

— Encore un verre ?

— Pas de refus.

Le verre vidé, Loup se mit en recherche des idées qui, maintenant, fuyaient au lieu de s'amasser.

— Mon frérot n'est pas si robuste, mais il parle en dormant. Quand on essayait de dormir entre les pans de murs, il contait des histoires de maison abritée, de marmite sur le feu..... Des bêtises!..... On sentait qu'il allait pleurer..... Ça me rendait tout triste. Je comprenais qu'il lui manquait des choses..... Il les a, à présent, « ses choses ».

Périgot épiait l'attendrissement progressif. Maintenant le vagabond était à point.

— Si tu veux que ton frère reste où il est, ouvre l'œil et puis écoute-moi bien !..... J'en sais long !..... Tu t'es laissé mettre le collier de force..... tâche d'éviter le cabriolet! Fais entrer une chose dans ta tête : c'est que, s'il y a un mauvais coup aux Herbines, c'est à Blaise et à toi qu'on s'en prendra..... Et ça ne traînera pas..... Demande à Dorloy de te laisser fermer la grille de l'enclos à la fin du jour..... Ce n'est pas difficile.....

Les prunelles de Loup étincelèrent au milieu de ses yeux écarquillés ; il devinait chez son hôte une pensée secrète..... Il se méfiait, sans comprendre!

— Reviens boire un coup demain soir, mon vin est bon!

Périgot atténuait l'aigreur de sa voix.

— Je reviendrai boire un coup, sûr!..... grommela le vagabond.

Et, laissant retomber ses paupières, il pensa :

— Demain..... ou un autre jour, on verra. Il manigance quelque chose..... Ce n'est pas drôle de travailler, mais le frérot est content..... et je laisserai le Périgot dire tout ce qu'il voudra, et Dorloy fermer les portes à son idée!

Puis, se levant et prenant sa casquette, il prononça, en s'efforçant d'assurer ses pas :

— A vous revoir, citoyen marchand de liquides meilleurs que la sueur du peuple!

X

Plusieurs jours s'étaient écoulés sans que le facteur vînt aux Herbines.

Tout d'abord, le silence de Marc rendit un peu de calme à Jean. Si son frère n'écrivait pas, c'était que le courant de son existence était redevenu paisible, qu'il avait même si bien compris la gravité de sa faute, que la honte, mêlée au repentir, déterminait cette abstention.....

Mais la prolongation de son silence finit par exciter son angoisse. Marc n'avait donc aucun sentiment d'affection pour son père, puisqu'il ne songeait même pas à projeter un faible rayon de joie sur le deuil de soi-même que portait le vieux travailleur, désormais inactif.

Le jeune homme ne cachait-il pas une nouvelle folie qu'il supposait irréparable ? Et Jean se reprochait d'avoir trop parlé des difficultés d'argent. N'avait-il pas ainsi réduit Marc à de terribles expédients ou même à un coup de désespoir ?

Alors un spasme lui étreignait le cœur. Une impression physique bizarre glaçait ou incendiait ses veines tour à tour..... Le travail dur, harassant, qu'il avait entrepris lui procurait, au moins, l'appétit qui l'aidait à soutenir ses forces et le sommeil qui détendait ses nerfs.

Les « mars » étaient achevés tardifs, mais l'avril était doux, avec des brises molles, des pluies tièdes et des rayons de soleil qui échauffaient la terre sans brûler les plantes.

Jean et ses auxiliaires partageaient leur temps entre de nouveaux défrichages et les soins à donner au potager. Dans huit jours, Dorloy espérait avoir achevé un champ de pommes de terre et commencer ensuite une plantation de légumes divers.

En attendant le blé qui lève dans les champs, le grain de sénevé de l'Evangile croissait dans le cerveau de Jean.

Un dimanche, après la première messe, Dorloy avait causé durant quelques minutes avec le curé et l'avait mis au courant de son entreprise.

— Vous avez jeté votre filet et pris deux poissons, dit le vieux prêtre. L'un ronge les mailles, mais vous êtes patient et vous ne vous lasserez pas de les raccommoder. Il faut que l'ouvrier agricole aime la terre, et il l'aimera d'autant mieux qu'il en possédera une parcelle.

C'est l'irrésistible moyen de répondre aux doctrines anarchistes et de prouver que la propriété n'est pas le « vol ».

Si, sur la terre inculte, conquise en pionniers, les vagabonds pouvaient édifier la demeure stable où éclorait leur vie nouvelle, où serait posée la première pierre de leur foyer, leur cœur d'homme régénéré prendrait contact avec le bien et participerait à la rédemption.....

. . . .

Mais ce coin de terre, Jean ne le possédait pas ! Obtiendrait-il la permission d'en disposer? En chacun de ses actes, la responsabilité dépassait l'indépendance, abolissait l'initiative. Il éprouvait d'avance, à la pensée de solliciter la possession de ce coin de terre, les planches et les moellons épars dans un angle désert de la cour, une émotion faite de la crainte du refus, du regret très humain, un peu amer, de ne pouvoir disposer de rien, lui, le moteur de toutes choses!

Il supportait les railleries ou les reproches, redoublant de vigilance, alliant les précautions avec la confiance..... faisant appel à ce qu'il y a de bon dans les natures perverties ; il ne semblait jamais douter de la sincérité avec laquelle les deux adolescents y répondaient ; néanmoins, sa pénétration les entourait d'une barrière morale par une surveillance continuelle.

Mais la surveillance de Jean ne pouvait s'étendre au dehors. Les allées et venues de Périgot lui échappaient, et, d'ailleurs, y eût-il attaché grande importance ?.....

Quelle raison le placier avait-il de lui en vouloir ? Le seul tort des habitants des Herbines était d'être de bien petits clients.

Lorsqu'une discussion s'élevait entre eux, lors d'une rencontre inévitable, jamais Dorloy n'avait manifesté l'éloignement, l'antipathie même que cet homme lui inspirait.

Certes, Anthime passait souvent sur le chemin, mais ses affaires pouvaient l'appeler de ce côté..... Et, un coup de chapeau d'une part, un salut de la main, frôlant la paille du large yokohama, avaient été tout ce qu'Anthime et Jean avaient échangé depuis que le premier avait interpellé les « vagabonds ».

. . . .

Que de fois une bonne action, un sentiment désintéressé, n'a-t-il pas valu à un coupable d'échapper à une tentation nouvelle, à une chute définitive!

Le coupable, c'était Loup, qui n'en était pas encore au repentir.

La tentation, c'était le verre de vin qui l'attendait chez Anthime, flattant et avivant ses dispositions à l'ivrognerie, manifestées chez lui dès l'enfance ; le sentiment désintéressé, la petite fleur bleue qui s'épanouit au milieu des ruines, c'était cette affection primitive, rudimentaire, participant de l'instinct protecteur du fauve envers ses petits, que Loup éprouvait pour son frère et qui lui avait inspiré déjà bien des actes de dévouement.

. . . .

Cette fin d'après-midi se terminait dans la gloire d'un merveilleux coucher de soleil.

Jean, après avoir serré les instruments de travail en compagnie de ses « auxiliaires » et s'être assuré qu'ils ne manquaient de rien, pénétrait dans l'enclos par la petite porte du potager, lorsqu'il entendit Pierre crier à pleine voix en appelant sa sœur à différentes reprises.

— Qu'y a-t-il ? demanda Dorloy, subitement inquiet.

— Je cherche partout cette gamine, déclara Pierre important, je ne la trouve pas.

— Elle doit être dans le jardin..... Elle est allée reconduire Mlle Lisa..... Et toi?.....

— Moi ! Je ne vais pas reconduire une personne qui me donne un 3 en orthographe !

— Tu as donc encore fait plus de six fautes ?

— C'est mon droit.....

— Tu prononces un mot que tu ne comprends même pas.... On n'a jamais le droit de mal faire. On a *toujours* le devoir de bien faire..... Je ne suppose pas que Marthe ait accompagné Mlle Miley à cette heure-ci?

— J'ai entendu Mlle Miley lui dire deux fois de s'en aller, quand elles étaient au bas de l'enclos.

— Je vais chercher. Toi, reste ici, et tu m'appelleras si ta sœur reparaît ! Elle se sera peut-être cachée pour faire une plaisanterie.....

Rapidement, Dorloy parcourut le jardin. Il évitait d'appeler trop haut près de la maison, afin que son beau-père ne pût l'entendre forçant sa voix lorsqu'il s'éloignait, la rendant pressante, impérieuse.

Déjà le crépuscule se manifestait ; l'ombre s'étendait vite.

Marthe aurait-elle suivi l'institutrice jusqu'au bourg? C'était improbable ! Mlle Miley l'eût déjà ramenée.

Dorloy se dirigea vers la grille, porta la main sur la serrure, le pène ne bougea pas..... Qui donc l'avait fermée à clé?..... Il cherchait, en hâte, à se rendre compte de ce qui s'était passé, et s'aperçut que le barreau le plus rapproché avait été écarté par une main robuste, et, bientôt, dans l'instinctif tâtonnement du chercheur, il découvrit la clé dans l'herbe.

Chaque jour, il venait, après le souper, clore la grille ; à cette saison, il la fermait toujours avant la nuit.

Polyphie n'était pas femme à ajouter cette corvée à ses occupations journalières.

Serait-ce une attention des « auxiliaires »? Il en doutait, vu la distance à laquelle était situé le hangar!

Il fallait pourtant éclaircir ce mystère alarmant de la disparition inexpliquée de Marthe.

Au pas de charge, Dorloy gagna l'habitation de ses protégés.....

Loup était en train de fabriquer, avec les restes du repas du matin et quelques légumes arrachés dans le potager, la soupe du soir, dans la petite marmite pendue au-dessus du brasero. Blaise, étendu sur son lit, s'agitait sous les couvertures.

— A quelle heure avez-vous fermé la grille ? demanda Jean à brûle-pourpoint.

— A quelle heure j'ai fermé la grille ? répéta Loup stupéfié. Je ne la ferme jamais, votre grille. Me l'avez-vous demandé ?

— Non, mais cette idée eût pu vous venir.....

— Ah ! par exemple ! Je suis trop pressé de rentrer dans la cambuse et de préparer le dîner !

— Ne serait-ce pas lui ? interrogea Dorloy, en désignant Blaise.

— Ne le réveillez pas surtout ! Ce n'est pas lui, il ne m'a pas quitté.

Alors seulement Jean fit la réflexion que ce sommeil à l'instant même du repas était anormal.

— Qu'a-t-il donc ? murmura Dorloy, en s'approchant du lit.

— Je ne sais trop dire ! Voilà trois soirs qu'il est comme cela.

— Il ne soupe pas ?

— Non ! Il se jette sur son matelas, puis, durant toute la nuit, il se tourne et se retourne.

— Pourquoi ne m'avez-vous pas averti ?

— C'est ça qui l'eût guéri, peut-être !

— Je l'aurais examiné, soigné.

— Examinez-le ! Soignez-le !

Bourru, Loup jetait les mots, tout en remuant la cuillère de bois.....

Arraché par cet incident immédiat à la pensée qui le harcelait, Jean y fut brusquement rappelé.

Il ne voulut pas cependant s'écarter de la ligne de conduite qu'il s'était tracée vis-à-vis des deux adolescents.

Le cœur palpitant à la pensée qu'il allait perdre une minute infiniment précieuse, celle de la dernière lueur du jour, il se pencha vers Blaise, écouta sa respiration et lui tâta les mains avec des précautions infinies.

— Il a de la fièvre, murmura-t-il ; ne lui donnez qu'un peu de bouillon s'il s'éveille et désire prendre quelque nourriture. Demain, je serai ici à la première heure pour l'examiner..... Il ne s'est pas plaint, ce matin, au lever ?

— Il était tout comme les autres jours.

Jean avait déjà posé la main sur la ficelle qui tirait la clanche, il se retourna et prononça lentement :

— Aucun de vous deux n'a fermé la grille et jeté la clé dans l'herbe ?

Il fixait les yeux sur Loup qui grogna :

— Je vous l'ai dit! Pourquoi le redemandez-vous?

Le ton côtoyait l'insolence, mais une indéniable franchise passait dans le démenti.

Resté seul, Loup continua à bougonner.

— Qu'est-ce qu'ils ont avec cette grille, celui du dehors et celui du dedans? Malheur que le frérot soit si drôle tous les soirs, je serais retourné chez le Périgot..... Et, cependant, je flairais quelque mauvaise histoire dont il aurait tiré profit..... et pas moi..... Seulement, je saurai où il en veut venir.

Et, tout en versant dans son bol la partie la plus épaisse du contenu de la marmite et en l'absorbant à petites gorgées, il réfléchissait.

Maintenant, un horizon nouveau se découvrait devant lui, les idées obtuses, sombrées dans le vague des sensations, se détachaient sur le fond déjà un peu éclairci de la conscience.

Il éteignit le brasero, la petite lampe, et se jeta sur son lit en ratiocinant :

— Il vaut autant que je sois là qu'à sauter la haie, comme l'autre soir, pour aller trinquer avec l'homme à la canne. Je ne veux pas pourtant que le frérot tombe malade..... puis le vin était bon..... J'en boirais trop..... Seulement, il faudrait que le Périgot dise pourquoi il m'abreuve..... Ce n'est pas naturel..... Y a quelque chose là-dessous.....

. . . .

Harcelé par des craintes de plus en plus poignantes, Dorloy errait toujours, s'efforçant de percer l'ombre. Il avait, à l'aide d'une perche, remué l'eau des puisards, fouillant en tous sens ; de ce côté, il était rassuré..... Mais si Marthe était tombée et se fût blessée ; si elle avait perdu connaissance dans quelque fourré..... Et cet inexplicable incident de la grille?.....

La cloche du dîner s'agitait sous la main lourde de Polyphie.

Jean n'avait plus le temps de courir à l'école sans éveiller, par son absence à l'heure du repas, les soupçons de son beau-père, et provoquer ses inquiétudes.

A la pensée du mystérieux danger couru par l'enfant, le

cœur paternel s'éveillerait soudain de l'engourdissement dans lequel le dégoût de la vie le plongeait, et la violence des palpitations pourrait être mortelle.

Jean retourna à la maison d'un pas rapide ; tout à coup, mû par un espoir : Marthe peut-être était rentrée.....

Il rejoignit la vieille servante au moment où elle venait de lâcher la corde, et l'interrogea :

— Faudrait la mieux élever, Monsieur Jean ! On me fouettait, moi, quand j'avais été courir, et ça m'en a ôté le goût. Les verges, ce n'est plus de mode, et les enfants sont pires de jour en jour.....

— Vous n'avez pas fermé la grille à clé, ce soir, Polyphie ?

La question faite d'une voix haletante provoqua l'explosion attendue :

— Fermer la grille ! Est-ce que cela me regarde ? Je n'ai donc pas assez à faire avec le ménage et le patron à servir ?..... Vous y trottez toujours à la grille, vous, Monsieur Jean, vous êtes jeune! Ah! on a raison de dire que vous en avez des idées, des fois!

Dorloy, sans répondre, entra dans la salle à manger.

Lambert s'était traîné, avec l'aide de Pierre, jusqu'à son fauteuil.

— Excusez-moi, mon père, dit Jean, je dînerai plus tard. Le travail d'aujourd'hui n'est pas achevé.

— Tu travailles la nuit, maintenant ?

Les gros sourcils s'arquaient avec une expression défiante.

— C'est une circonstance exceptionnelle.....

— Où est Marthe ?

Le front du frère aîné s'empourpra.

Mentir..... ou jeter l'alarme ?

Quelle alternative pour ce cœur d'homme pétri de loyauté et de dévouement !

— Ne vous inquiétez pas d'elle, prononça Jean, la voix affermie par un effort de volonté. Je veille à tout.

Il disparut, se dérobant à une seconde question, espérant avoir conjuré l'inquiétude immédiate.

Muni d'une lanterne, il se dirigea vers la grille ; mais la clé qu'il avait replacée en hâte après l'avoir ramassée ne tournait pas dans la serrure ; elle avait été faussée..... Impossible d'ouvrir..... Peut-être Marthe, ramenée par Mlle Miley, s'était-elle heurtée à la porte close! la porte sans sonnette, et si loin de la maison que, seul, l'appel énergique d'une voix d'homme eût pu se faire entendre.

Cette découverte avivait la pauvre petite espérance de retrouver l'enfant chez l'institutrice. Le moyen le plus prompt de s'en assurer était de passer par-dessus le mur de l'enclos avec une échelle.

D'un pas hâtif, il se dirigea vers le vieux bâtiment où étaient rangés les instruments de travail, et, au retour, gagna du temps en suivant le sentier qui longeait le mur.

Il allait vite, tenant à l'envers sa lanterne sourde.

Une brèche existait dans ce mur..... Jean la connaissait bien, et, plus d'une fois, avait voulu la réparer. Toujours d'autres travaux plus pressants l'avaient retardé.

Il se souvint que, peu de jours avant l'arrivée des « auxiliaires », après une journée d'orage, Polyphie, qui était allée dans ce coin, où toutes les herbes croissaient sans culture, pour chercher des salades sauvages, l'avait prévenu que la brèche s'agrandissait ; mais trop d'incidents étaient survenus depuis lors, qui avaient effacé ce détail de sa mémoire. ...

Le passage était assez praticable pour lui permettre d'arriver plus promptement à l'école, et, avec un peu d'effort, il parviendrait, au retour, à le faire franchir à Marthe.....

Cette découverte à présent ne lui donnait plus une petite, mais une grande espérance.

Il posa sa lanterne, tendit les mains pour écarter les plus grosses pierres..... et voici que ses doigts touchèrent un objet étrange qui détermina une piqûre. Il le prit, l'examina et reconnut un des petits peignes concaves servant à maintenir sur le côté les cheveux de Marthe.

Mais l'enfant était-elle sortie ou rentrée par la brèche ? A quel mobile avait-elle cédé? En se penchant, Dorloy acquit la certitude qu'elle n'aurait pu franchir le passage sans être aidée..... Etait-ce Mlle Miley qui l'avait soulevée ?

Continuant à explorer les pierres écroulées, en posant sa lanterne de place en place, Jean découvrit des fragments d'effilé bleu accrochés à une ronce ; ils provenaient d'un collet que sa petite sœur jetait sur ses épaules lorsqu'elle sortait de la maison. Aussitôt, le cœur de Dorloy bat avec violence. Où le mènera cette découverte ? Il se penche, se penche davantage. Une touffe d'herbe est foulée, tout fraîchement.....et sur ce sol mou, détrempé par de récentes averses, il aperçoit la trace d'un petit pied, puis d'un autre, dirigés vers la maison.....

Ressaisir sa lanterne et courir comme un fou, arriver à la porte, entendre gronder la voix de Boisseul qui reprochait à Pierre « d'être tout seul à table ! » furent pour Dorloy l'affaire de quelques minutes. Il alla droit à la chambre de Marthe sans interroger la servante.

Le bouton résista, comme avait résisté la serrure de la grille. Mais, cette fois, l'explication était simple, elle apportait la fin de l'aventure. Le verrou était tiré à l'intérieur.....

Donc, l'enfant était là !

Un immense soupir détendit la poitrine de Dorloy. Il appela très bas :

— Marthe !

Nulle réponse. Était-elle blessée, malade?

Il secoua la porte.

— Réponds-moi tout de suite et viens ouvrir.

L'entêtement persistait. A un autre appel, le bruit faible d'un soupir fit écho.

A mesure que son anxiété diminuait, l'exaspération de Jean augmentait..... Il saurait ce qui s'était passé.

Sa voix devint tellement impérieuse que lui-même ne la reconnaissait pas.....

— Si tu n'ouvres pas, je défonce la porte !

Un sanglot, puis un pas traînant ; le verrou difficilement tiré par des doigts incapables du moindre effort, de pauvres petits doigts fébriles.

Jean s'apitoyait, mais le regret de sa dureté était fait de compassion et non de remords.

La porte entre-bâillée, enfin, laissa voir une forme confuse à peine détachée sur la lueur imprécise de la veilleuse posée au fond de la chambre.

Les deux mains tremblantes relevaient les cheveux ébouriffés. Jean entendait claquer les dents et devinait les larmes qui creusaient les joues de l'enfant terrifiée.

— D'où viens-tu ?

Soudain, sa voix était redevenue douce.

Trois fois il répéta la question, en vain.

Alors, au lieu d'interroger, il affirma :

— Tu es sortie de l'enclos après le départ de Mlle Miley ?

Un signe très vague.

Dorloy généralisa :

— Tu es sortie..... et, quand tu as voulu rentrer, la grille était fermée ?

— Oui.

Un oui imperceptible.

— Tu es rentrée dans le jardin, par la brèche du potager ?

Mutisme absolu.

Jean tira de sa poche la boîte d'allumettes qu'il portait toujours afin de pouvoir économiser l'éclairage de la maison durant ses allées et venues, il en frotta une, alluma le bougeoir et saisit les deux mains que Marthe jetait sur son visage.

— Pourquoi ne me racontes-tu pas ce qui est arrivé ?

Les larmes jaillissaient de nouveau, les doigts menus essayaient de se glisser entre ceux de Jean, les traits se convulsaient.

Dorloy eut peur, il lâcha prise.

— Couche-toi, dit-il, je vais chercher une boisson calmante, et demain, de très bonne heure, j'irai prier Mlle Lisa de venir te voir avant la classe.

— Oh ! non ! non !

Les trois syllabes éclataient dans un seul cri d'effroi.

— Tu l'aimes bien, cependant ?

Jean implorait presque en ajoutant :

— Elle ne te fait pas peur ? Elle est si bonne !

Dans un sanglot frénétique, Marthe répétait :

— Si bonne !..... Si bonne !..... avec un accent désespéré.

De quelle faute l'enfant avait-elle pu se rendre coupable vis-à-vis de l'institutrice ?

Jean se le demandait avec anxiété. Il le saurait par Lisa elle-même.

A Marthe, il fallait le repos, le calme.

Et, tout paternel, il se pencha sur le front moite aux tempes gonflées.

— Je te prie de te tranquilliser ; demande pardon à Dieu, si tu as fait quelque chose de mal. Je reviendrai tout à l'heure. Je te trouverai étendue, bien calme, et tu t'endormiras en faisant ton signe de croix.....

Et ses yeux se fixaient au-dessus du petit lit blanc, sur la muraille nue. Le père n'avait pas permis qu'aucune image pieuse abritât le sommeil de l'enfant et consolât ses peines.

XI

Sous l'empire du calmant, et plus encore de la douceur du frère aîné, Marthe, immobile et pâle comme une petite morte, ne dormait cependant pas!

Toutes les impressions qu'elle venait d'éprouver se condensaient en images dans son cerveau.

Elle croyait entendre encore les gronderies affectueuses de Mlle Miley, lorsque, en gambadant, elle avait franchi la grille derrière elle.

L'institutrice était revenue sur ses pas, l'avait fait rentrer et avait fait claquer la serrure. Le bruit était resté très net dans l'oreille de Marthe.

Une belle touffe de coucous qu'elle apercevait, tandis que, les mains aux barreaux, elle insinuait sa tête entre les tiges de fer, la tentait si fort, et quand les pas s'étaient éloignés et qu'elle n'avait plus entendu aucun bruit, elle était ressortie, sachant qu'elle désobéissait à Jean, et que toutes les fois que son père se fâchait, il était plus malade.

De touffes en touffes, elle s'était écartée dans la prairie, derrière la haie d'arbustes qui bordait le chemin menant des Herbines à l'école.

Plus d'une fois, elle avait dressé l'oreille. ... des pierres roulaient..... les pierres ne roulent pas toutes seules! Elle avait eu peur..... si grand peur de ce bruit dont elle ignorait la cause!

Elle n'avait pas osé remonter le chemin. elle avait gravi la pente de la prairie pour arriver à la grille, tout effrayée ; elle avait couru, et quand elle avait voulu faire tourner le bouton!.....

Tout son petit être frémissait au souvenir de l'infructueux effort.

Alors, les pas précipités, l'apparition d'un homme qu'elle rencontrait parfois dans le bourg, et auquel Jean n'aimait guère à parler, l'avait effrayée.

Mais peut-être pourrait-elle lui demander de venir à son secours. Elle se rappela son nom, et l'interpella :

— Monsieur Périgot ! Voulez-vous m'aider ? Je ne peux pas ouvrir !

Soudain, Périgot s'était retourné vers elle, en disant d'une voix brusque :

— Comment une petite fille comme vous court-elle dehors, à cette heure-ci ? Votre père est malade, vous allez l'inquiéter. Votre frère ne vous pardonnera jamais ce que vous avez fait là !

Ne jamais pardonner ! Jean disait que lorsqu'on regrette bien ses fautes, Dieu les pardonne toujours. Celui-ci en savait-il donc plus que Jean ?

Périgot avait ajouté :

— Vous ne pourrez pas rentrer ! On ne vous entendra pas crier de la maison.

Et en même temps il secouait en vain la grille.

Alors elle s'était laissée tomber sur l'herbe en sanglotant.

Et, d'une voix si méchante, il avait repris :

— Vous allez grelotter là toute la nuit. De mauvaises gens et de mauvaises bêtes vous feront du mal, et demain votre père et votre frère vous chasseront....

Les paroles tintaient encore dans ses oreilles, et si ses mains n'avaient pas été jointes très fort, dans une crispation, elle les eût détachées l'une de l'autre pour se boucher les oreilles.

Elle se souvenait avoir crié au milieu de son désespoir :

— Je vais aller chez Mlle Miley ! Elle viendra à mon secours, on me retrouvera chez elle !

Et Périgot avait dit :

— Elle aussi vous grondera et vous repoussera.....

Et il avait ajouté très bas :

— Vous savez bien qu'il n'y a pas de place à l'école pour qu'elle vous y recueille cette nuit...

La voix était toute changée. Marthe était moins effrayée, car cet homme la questionnait maintenant presque avec douceur. Il parlait de Mlle Miley, des deux autres dames ; il savait que Marthe apprenait à coudre avec l'une d'elles. Et à causer ainsi elle ne trouvait plus l'aventure si terrible. Bien sûr, M. Périgot découvrirait un moyen de la faire rentrer. Mais pourquoi voulait-il savoir ce qu'il y avait dans la chambre de la vieille Mme Rose et quel nom lui donnait l'institutrice quand elle lui adressait la parole ?

Elle s'était tue, se demandant si c'était bien de raconter tout cela. Mais alors Périgot était redevenu le terrible homme de tout à l'heure. Il l'avait apeurée de nouveau, puis soudain avait promis de la faire rentrer si elle répondait à ses questions.

Alors elle avait dit que Mlle Lisa appelait la vieille dame « ma Sœur », ce qui l'avait étonnée, et Mlle Lucie et Mme Rose l'appelaient « Lisa » tout court.

Elle était allée dans la chambre de Mme Rose. Il y avait au-dessus du lit un crucifix comme celui de l'église, bien plus petit, et deux chapelets noirs très longs, puis des images, comme celles qui étaient aussi dans l'église, et sur la table des livres couverts d'étoffe noire. Elle avait vu Mlle Lucie prendre un de ces volumes, l'ouvrir et lire dedans. Elle remuait les lèvres sans qu'on l'entendît.

L'espérance de rentrer dans l'enclos agissait sur Marthe bien plus que les menaces et la faisait parler d'abondance.

Périgot lui avait enjoint de ne jamais dire qu'il l'avait rencontrée, parce qu'il la ferait châtier sévèrement par son père, et que Mlle Miley ne voudrait plus lui donner de [illegible]. Puis, la guidant par la main, il l'avait menée [illegible] un pan de mur un peu éboulé ; avec la [illegible] de sa canne, il avait agrandi [illegible] à bout de bras, lui avait [illegible] de rentrer vite et de ne jamais prononcer son nom.

Elle n'était pas « rentrée vite », la pauvre, car elle s'était heurtée aux pierres éboulées. Son vêtement s'était accroché dans les ronces. Puis elle tremblait si fort ! Il faisait si noir !

Et c'était pendant cette marche, qui lui avait semblé bien longue, qu'elle avait compris avoir fait une vilaine promesse. Qu'allait-il arriver de tous ces bavardages ? N'allait-on pas faire de la peine à Mlle Lisa, à sa sœur, à la pauvre vieille dame Rose, qui paraissait si malade ?

Et, s'étant glissée dans la maison, tout doucement, pour ne pas être aperçue, elle s'était réfugiée dans sa chambre.

Elle avait eu tant de chagrin lorsque Jean l'avait appelée si fort et qu'il avait eu l'air fâché ! A présent, elle se remettait à pleurer en pensant combien il avait été bon, toujours si bon.

Et ce fut ainsi qu'elle s'endormit en soupirant.

XIII

Le Dr Lestral s'était légèrement blessé à la main, et depuis une semaine avait fait venir un chauffeur. Ce jour-là, il suivait la route de Vandreville à Saint-Mersey et jouissait de son *farniente* en parcourant une revue scientifique.

Il se rendait chez les Darbeillan, vieilles relations de sa famille et de lui-même, qu'une fortune très grande et un titre de comte classaient parmi les plus brillants châtelains. Il comptait finir sa journée avec eux, hésitant encore s'il accepterait ou refuserait l'invitation à dîner qu'il pressentait.

Il ne trouverait là aucun écho aux pensées qui lui venaient à propos de certaines choses et de certains sujets qu'il définissait encore d'une manière imprécise, au milieu du flottement actuel de son esprit.

Le ménage présentait une surface à peu près unie, mais Lestral en connaissait les inégalités. Le sens de la vie manquait en pratique à l'un, en théorie à l'autre.

Le comte Darbeillan était un « fort honnête homme », si on atténuait un peu la valeur que ces trois mots impliquaient au grand siècle, mais la faiblesse de son caractère laissait ses convictions à l'atteinte du souffle qui passe.

Or, le souffle qui passait le plus souvent, c'était celui qui avait traversé l'atmosphère de préjugés étroits et d'absurde vanité dans lesquels vivait sa femme, laquelle lui imposait la supériorité qu'elle s'attribuait sur lui, quand, en réalité, le médiocre personnage en qui elle l'avait transformé valait mieux qu'elle-même.

Fille de gens devenus subitement trop riches pour ne pas avoir été grisés par la fortune acquise, elle s'illusionnait sur sa situation comme sur ses vertus chrétiennes. Dans toute manifestation religieuse, elle cherchait à faire parler d'elle et ne souffrait pas que l'on ignorât la moindre de ses générosités.

Dépourvue de distinction native, elle s'attachait au snobisme, à la mode, à l'ostentation et en gâtait des actes qui eussent pu être excellents.

Lestral ne pouvait passer dix minutes avec elle sans qu'une dispute éclatât entre eux.

Aujourd'hui, Olivier ne se sentait pas d'humeur combative. Il avait posé sa revue près de lui et s'énervait de son inaction.

Un choc, un bruit sec le firent bondir.

Un pneu venait d'éclater.

La panne !.....

— Ah ! si j'avais été au volant ! s'écria le docteur.

Il mit pied à terre, essaya d'aider le chauffeur à réparer l'accident, mais, gêné par son bras en écharpe, il y renonça et marcha de long en large.

Au loin se dessinait une silhouette étroite et courte, surmontée d'un large chapeau.

Lestral fit quelques pas en avant et salua le curé.

— Quel vigoureux marcheur vous êtes, Monsieur le Curé! dit-il.

La poignée de main échangée était franche.

— Voulez-vous que je vous conduise en auto là où vous allez? demanda Lestral.

— Je vais à Saint-Mersey.

— Moi aussi. Ce sera la première fois que nous nous trouverons ensemble chez un homme bien portant ! Mais vous n'aviez pas entrepris une si longue course sans escompter un miracle?

— Je n'escomptais aucun fait surnaturel, mais le simple passage d'une charrette menée par un de mes paroissiens.

— Voulez-vous bien troquer la charrette contre mon auto? Voudrez-vous en même temps m'adopter comme paroissien?

— Je ne vous adopterai pas! Un père n'adopte pas son propre fils...

Le sourire un peu railleur qui avait plissé les lèvres de Lestral disparut soudain.

Une émotion profonde lui était venue. Et parce qu'elle était très profonde il ne voulait rien en laisser voir.

— L'accident est réparé, dit-il, la voix brève. Voulez-vous monter, Monsieur le Curé? Vous voyez, je me paye le luxe d'un chauffeur. Ordinairement, je pratique la sainte pauvreté en chauffant moi-même.

Quand le prêtre et le docteur furent assis l'un près de l'autre, l'automobile démarra.

Un peu de gêne régna d'abord. Fidèle à son plan, le curé évitait toute discussion, et ces deux hommes, qui auraient pu se communiquer tant d'idées, s'en tinrent aux petits faits de chaque jour de la chronique locale qui pouvaient leur offrir un point de contact.

Lorsqu'ils entrèrent ensemble dans le salon de Saint-Mersey, la comtesse marqua une surprise très vive.

— Le docteur agit comme le bon Samaritain, Madame, expliqua le vieux prêtre. Je n'ai pas été attaqué par les voleurs, je m'empresse de vous le dire, mais M. Lestral m'a recueilli sur la route pour m'amener ici !

— Il a bien fait ! Nous sommes si loin de Vandreville.....

La voix était banale autant que les paroles, et cependant le curé comprit ce que Lestral ne devina pas. Vandreville était beaucoup plus loin de Saint-Mersey pour l'automobile des Darbeillan que Saint-Mersey n'était loin de Vandreville pour les vieilles jambes du curé.

L'esprit de la comtesse était bien plus loin encore de sa paroisse pauvre. Les interrogations qu'elle posait dénotaient plutôt la politesse qu'un intérêt véritable, et quand elle entrait plus avant dans le sujet qui tenait tant au cœur du prêtre, c'était pour submerger les modestes demandes qui lui étaient adressées sous le flot d'explications concernant les œuvres de Paris qu'il « fallait imiter ».

Lestral examinait à la dérobée la physionomie du comte. Une souffrance y passait, avec une expression de lassitude. Ne se reprochait-il pas une faiblesse confinant à la lâcheté ? L'abdication de son autorité d'époux, tout au moins de son droit de conseil, qui, en l'annihilant, le menait à se dérober aux devoirs du grand propriétaire terrien envers ces autres terriens avec lesquels il eût dû vivre en union, « pour le mieux et pour le pire ».

Un point de suspension dans le monologue permit enfin au curé de dire :

— Nous ne pouvons, Madame, prendre modèle sur une des plus riches paroisses de Paris ?

— Et l'unité, Monsieur le Curé ?

— L'unité demeure, Madame ! Quand la charité prend des formes différentes, suivant les nécessités auxquelles elle doit parer, elle conserve son caractère unique.

Alors le pasteur implora de nouveau, doucement, avec les tristesses affaiblies de l'âge, les secours qui mettraient sa paroisse au niveau des paroisses voisines, plus soutenues..... Et le cœur de l'apôtre tout entier se révélait dans la lutte contre la sécheresse de l'âme.

Bientôt la voix de la comtesse résonna seule.

Le curé ne demandait plus rien à cette ostentation qui se refusait à la bienfaisance obscure et qui lui imposait la plus dure des souffrances intimes, celle qui vient à vous au travers des souffrances d'autrui.

Et cependant ce n'était pas le déni matériel de l'aumône, car la main fine, couverte de bagues, déposa dans la main tremblante et ridée du prêtre un billet de banque. Mais c'était le refus de collaborer aux œuvres à naître, aux œuvres de prévoyance sociale pour lesquelles il faut dépasser la marche de l'adversaire. Et c'était pour cela que le papier bleu brûlait les pauvres doigts osseux.

Le comte se leva brusquement. Lestral espérait qu'il allait manifester sa volonté. Mais, saisi peut-être par la crainte d'en trop dire, Darbeillan retomba en vaincu, parce qu'il ne s'était jamais préparé au choc qui se produisait entre sa conscience de chrétien et la longue faillite de sa volonté, qui avait donné barre sur lui à toutes les exigences de sa femme.

Le curé remerciait. La voix blanche, le front courbé sous la déception, il quitta son fauteuil, et son buste parut plus affaissé que lorsqu'il était à demi ployé sur son siège.

Le docteur fut debout en même temps que lui.

— Vous partez déjà ? s'écria Mme Darbeillan.

— Je reconduis M. le curé chez lui.

Lestral appuyait sur chaque mot avec une déférence marquée pour le vieux prêtre.

Le comte s'empourprait, tandis qu'un mouvement nerveux rabattait ses paupières, mais il gardait le silence.

— C'est très bien, ce que vous faites là, docteur, répéta Mme Darbeillan. Mais nous regrettons de ne pas vous garder plus longtemps..... Nous irons vous demander une tasse de thé en allant à Vandreville rendre la visite de M. le curé.

Un adieu correct et froid et ce fut tout.

Remonté en auto, le docteur attendit que le prêtre parlât. Et les mots furent longs, bien longs à venir, et tombaient découragés des lèvres frémissantes.

XI

Dorloy, voulant soustraire sa petite sœur à toute brusquerie, épiait le moment où elle ouvrirait les yeux. Ayant ainsi épargné toute inquiétude à son beau-père, il ne voulait pas que l'enfant parût avec la mine décomposée de la veille.

En venant pour la troisième fois écouter à la porte, il entendit quelque bruit, entra et trouva Marthe habillée.

La poitrine se soulevait encore, gonflée des sanglots mal apaisés par le sommeil.

Jean embrassa la petite fille, apporta lui-même son repas, pour lui éviter les commentaires de Polyphie, et l'engagea, dès qu'elle aurait souhaité le bonjour à son père, à préparer ses devoirs et ses leçons ; il avait enjoint à Pierre de ne pas interroger sa sœur sur la cause de son absence de la salle à manger, la veille au soir.

Pierre, ayant senti que cet ordre était sérieux, s'abstint de toute taquinerie.

Dorloy avait noté un petit frémissement entre les épaules, une rougeur subite quand il avait parlé des devoirs et des leçons, qui naturellement évoquaient la pensée de Mlle Miley.

S'il avait eu le loisir de s'absenter, il se fût rendu à l'école, et peut-être aurait-il découvert le mot de l'énigme. Dès qu'il le pourrait, il courrait à Vandreville. Mais de ce côté il avait peu l'espoir d'éclaircir complètement le mystère.

Un de ses premiers soins avait été de remettre la serrure en état, avec l'aide de ses « auxiliaires ». Blaise ne portait plus trace du malaise de la veille. Néanmoins, Jean résolut de prier le Dr Lestral de l'examiner.

Loup était repris d'un de ses accès de farouche humeur. L'incident de la grille l'agaçait furieusement. Il se rappelait les paroles de Périgot :

— S'il y a un mauvais coup fait aux Herbines, on vous accusera, toi et ton frère.....

— Quelle étrange protection pouvait-il donc étendre sur eux, ce marchand de liquide ?

Loup regrettait de ne pas l'avoir fait expliquer davantage. Le placier n'était pas à sa portée, il s'en prenait aux autres!

D'un geste brutal, il agitait sa pioche, en retournant aux

champs, et comme Jean lui faisait avec grand calme l'observation, le mauvais larron souleva le manche d'un tour de bras et simula le geste de coucher en joue un homme qui passait sur la route.

Dorloy lui rabattit la main.

— Croyez-vous donc que je vais tirer un coup de feu avec votre instrument ? Pas encore si idiot, le mauvais gars !

Et Loup ajouta, bestial :

— C'était un jeu.....

— Un vilain jeu !

— C'est votre idée, ce n'est pas la mienne !

Et, avec une malice féroce, épanouie aux commissures de ses lèvres, il ajouta :

— Ça se comprend ! Cela ne vous plaît pas, à vous ! C'est jamais le bourgeois qui tire, c'est lui qui reçoit le coup!

Blaise, qui marchait en avant, s'était retourné et regardait son compagnon comme s'il l'entendait parler ainsi pour la première fois. Les derniers jours écoulés, jours de travail et d'existence honnête, avaient produit en lui un singulier apaisement.

Il entrevoyait les faits sous un autre angle et s'étonnait à présent de tout ce qui avait été jadis dans son ambiance.

Jean regarda Loup bien en face.

— T'es-tu jamais demandé si un homme avait le droit d'en tuer un autre ?

— Jamais demandé ! Non. Mais ça ne prouve rien.....

— Pose-toi la question autrement, et cela te prouvera peut-être quelque chose..... Un homme qui passe sur le chemin a-t-il le droit de te viser et de tirer sur toi ?

— Pourquoi pas ?

Jean se croisa les bras sans mot dire, attendant.

Loup voulut bien réfléchir.

— Tout de même, grogna-t-il, quand je serai mort, je ne lui en voudrai pas !

— Suppose que tu ne sois pas tué, mais blessé grièvement, que ces blessures te fassent endurer d'atroces douleurs, te privent de l'usage d'un de tes membres.....

— Aïe ! J'aime point penser à cela.

— Penses-y, au contraire, et comme tu es intelligent.....

— Répétez.....

— ..... tu es intelligent.....

— C'est vous qui avez trouvé cela ?..... Une drôle d'idée.....

— Je l'ai trouvé parce que cela est..... tu comprendras cette parole : « Il ne faut pas faire aux autres ce que l'on ne voudrait pas qu'il vous fût fait à vous-même. »

— Si des fois on y pensait.....

— Penses-y toujours, au lieu d'y penser « des fois ».

— C'est pas un curé, au moins, qui a dit cela ?.....

— C'est le Christ.

— Un bourgeois, votre bon Dieu !

— Je t'ai dit qu'il avait été ouvrier.

— Oui, vous le racontez....., Mais dans les journaux, quand j'en lis, ils disent : « C'est un tyran ! » et aussi : « Il n'existe pas..... »

— S'il n'existe pas, pourquoi les journaux disent-ils que c'est un tyran ?..... S'il est un tyran, c'est qu'il existe..... Juge toi-même si tes journaux disent la vérité.

— Pour ce que j'en lis !

— Tu en liras qui t'instruiront.

— Moi, je lis pour rire, parce que je lis pas tout droit ; ça me coûte de la peine..... Je suis pas comme Blaise. Il ne trébuche pas, lui.....

— Crois-tu que si Dieu était un tyran, le Christ, qui est Dieu fait homme, serait mort pour tous les hommes ?.....

— A quoi cela m'a-t-il avancé ? J'en ai fait ni plus ni moins.....

— Cela a fait que tu m'as trouvé sur ta route, que Blaise est heureux de mener une existence de travail honnête, que tu t'y rattaches tous les jours, que tu conviens toi-même que tu étais méprisé et brutalisé par des gens qui ne croyaient à rien!

— Eh bien quoi, vous êtes pas le bon Dieu, vous ! Vous êtes moins mauvais que les gens que j'ai rencontrés, voilà.....

— Je ne suis pas le bon Dieu, mais je suis un disciple de Jésus-Christ, qui est mort sur la croix pour toi et pour moi, et je te regarde comme un frère.....

— Y a pas de quoi vous enorgueillir ! Si vous en aviez beaucoup comme cela, des frères.....

— Qui sait !

En prononçant ces deux mots, une pensée douloureuse étreignit le cœur de Jean.

Ne trouverait-il pas, au long du chemin de la vie, plus d'aide, plus d'affection dévouée chez ces enfants perdus qu'il amènerait peu à peu devant la croix, que dans le cœur des transfuges, ses propres frères ? La prière qui monta de son âme au bord des lèvres implorait Dieu pour les uns et pour les autres..... Loup le regardait.

— Tiens, dit-il tout à coup, c'est tout de même vrai ! J'ai vu sur des grandes croix, dans les campagnes, des figures à qui vous ressemblez, des figures de votre bon Dieu qui semblaient prier avec les yeux comme les vôtres..... Car on ne vous entend pas, mais vous priez..... Ne dites pas non!

— Je ne dis pas non, et j'espère qu'un jour nous prierons ensemble.

Loup baissa la tête. Les sourcils froncés, les poings raidis, quelle réponse allait sortir de sa bouche contractée ?

Tout à coup, Dorloy le vit sursauter. Blaise, qui était un peu plus loin, imita le mouvement.

Jean entendait un cliquetis de sabres et vit déboucher deux gendarmes qui s'arrêtèrent à quelques pas du groupe.

L'idée subite que leur présence devait se rattacher à l'aventure de la veille, à laquelle le mutisme désespéré de Marthe donnait une apparence mystérieuse et tragique, passa dans l'esprit du jeune homme.

— Monsieur Dorloy ? s'enquit le brigadier.

Jean se rapprocha tout en se retournant vers ses auxiliaires :

— Reprenez votre travail, mes amis, dit-il, en s'efforçant au calme.

Ils demeuraient immobiles. Blaise effaré, Loup farouche ; il eût voulu tenir Périgot en son pouvoir, car il s'imaginait que celui-ci avait exécuté sa vague et inexplicable menace.

Leur attitude ajouta au trouble de Jean.

Il les avait vus tous deux dans leur hangar, si peu de temps après la disparition de Marthe..... Y étaient-ils mêlés ?

Au moment auquel il allait saisir le fil conducteur, allait-il être arrêté dans son œuvre de rédemption ?..... Qu'allait-il donc apprendre ?..... Contre quel récif allait-il se heurter ?

Ses tempes battaient, et, sur la rumeur qui emplissait son cerveau, ces mots se détachèrent :

— Vous êtes le beau-fils de M. Lambert Boisseul ?

— Oui, brigadier.

Tout en répondant, Jean renouvelait aux deux compagnons le signe impératif d'aller reprendre le travail..... plus loin.

— Avez-vous eu dernièrement des nouvelles de votre demi-frère ?

— Lequel ?

Un espoir soudain ! Jean soupira. Hilaire avait sans doute négligé là-bas quelque formalité dans la régularisation de ses affaires militaires.

— Marc Boisseul.

Dorloy blémit..... Il lui semblait que son corps fléchissait jusqu'à terre.....

Il fallait répondre. Jetant un coup d'œil vers les auxiliaires pour mesurer la distance qui le séparait d'eux, il murmura :

— Je l'ai vu à Paris, il y a quelques jours.

Il aurait voulu affirmer le nombre de jours, comme si les précisions eussent écarté le danger, mais tout effort échouait, les détails fuyaient hors de sa mémoire.

— Dites-nous la vérité. Nous avons un mandat d'amener contre Marc Boisseul.

Dorloy ne se demanda même pas quel fait avait pu déterminer cette chose terrible ! Dans son épouvante, il tremblait de réaliser tout un ensemble de faits.

D'instinct, sans raisonnement, il tenta de protéger contre la honte le foyer paternel.

— Le domicile de Marc est à Paris, dit-il.

Et soudain il s'arrêta avec l'impression qu'il allait livrer son frère.

— Le père est malade, prononça le brigadier compatissant, la vieille servante nous a suppliés de ne pas entrer dans la maison avant de vous avoir vu. Nous avons cédé..... nous avons eu tort..... c'est du temps perdu, le coupable a pu s'échapper peut-être. En tous cas, nous devons enquêter.

Le coupable !

Les syllabes tombaient dans les oreilles de Jean, si lourdes, qu'elles semblaient y entasser du plomb.

Le coupable !

C'était Marc..... Coupable de quoi ?

D'une faute grave ou d'un crime ?

D'un crime? Oh! non! Ce n'était pas possible!

Les gendarmes marchaient déjà vers la maison, accélérant le pas. Dorloy se hâta pour les rejoindre. Alors l'idée soudaine jaillit d'une rencontre entre Marc et sa sœur, d'où le silence désespéré de l'enfant...... Mais certains points restaient toujours incompréhensibles.

Devant le seuil, les trois hommes s'arrêtèrent.

Les gendarmes, si habitués à de pareilles missions, hésitaient, comprenant qu'avec eux entrerait dans cette demeure la honte et le désespoir.

Dorloy, le cœur étreint, demanda :

— Dites-moi tout..... De quoi mon frère est-il accusé ?

Il avait reculé pendant une seconde devant l'appellation, puis il l'avait articulée courageusement. Le père était là, à quelques pas ; il se solidarisait avec la douleur de l'homme abandonné, enfermé, immobilisé d'avance sous le coup fatal.

Il l'acceptait toute cette fraternité qui déjà lui avait été si dure et dont on semblait l'écarter.

Dans le chavirement de sa pensée, une lueur perça les nuages sombres.

Renier le pécheur, n'est-ce pas s'abstraire de l'œuvre du rachat? Il demanderait que le calice fût éloigné de lui, mais il accomplirait la volonté de Dieu quand même.

Le brigadier avait gardé le silence, puis se décidant enfin à s'expliquer :

— Marc Boisseul a quitté le bureau de son patron et son domicile pour une destination inconnue.

— Il a pu être victime de quelque malfaiteur.

En être venu à cette horrible espérance !

— La police a cherché, n'est-ce pas ? Faut-il que je parte ? Quelles démarches dois-je faire ?

Entre chaque phrase, la respiration manquait.

Le gendarme secoua la tête, négatif, et dit à voix basse :

— Il y a le pire.

— Le pire ?

Jean ne bougeait plus, adossé au mur, comme s'il attendait une décharge en plein cœur.

— Le fugitif a volé dix mille francs dans la caisse de son patron.

Les pensées tourbillonnèrent dans le cerveau de Jean. Rembourser..... arrêter la plainte..... Ces mots se heurtaient sous son front brûlant dans un tel choc ! Il s'imaginait qu'une voix les prononçait à son oreille ; puis, sans qu'il s'en rendît compte, elles tombèrent machinalement de sa bouche.

Le brigadier secoua la tête.

— Il est trop tard.

— Oh !

L'exclamation sortit seule de la gorge serrée ; elle exprimait dans ce laconisme le regret terrible, lancinant, qui lutte en nous contre le fait accompli, l'irréparable ! Elle traduisait l'éternel « si j'avais su ! » des grandes douleurs, des poignantes déceptions.

Les gendarmes avaient échangé un regard.

— C'est fâcheux, dit enfin le gradé, de vous ennuyer comme cela ! Vous avez l'air d'un si honnête homme, vous ! Mais, il n'y a pas ! le temps s'écoule..... nous avons l'ordre.

— Faites, prononça Dorloy.

Même pour écarter l'épreuve du malheureux père, il n'avait pas le droit d'empêcher ces deux hommes de remplir leur devoir.

Il ajouta seulement :

— Je vous supplie d'épargner mon beau-père.

— Soyez tranquille !

. . . .

— Ils ne sont tout de même pas venus pour nous ! cria Loup à Blaise qui travaillait à quelques mètres de lui, tête baissée. C'est drôle de les voir de près ! et qu'eux vous regardent comme si on était des rentiers! Tu as eu peur, dis, frérot?

— Quand on a fait des mauvais coups, ça vous tracasse..... Et alors..... les gendarmes..... ça vous retourne. Puis, qu'est-ce qu'ils peuvent bien vouloir au patron ?

— Tu t'apprivoises ! grommela Loup.

— Il n'a rien fait, celui-là, j'espère.

— Pourquoi dis-tu j'espère ?

— Parce que je veux le croire..... Ça me faisait du bien, ce qu'il racontait tout à l'heure.

. . . .

En voyant entrer M. Jean avec les deux gendarmes, Polyphie ouvrait de grands yeux terrifiés ; elle croyait que l'explication aurait eu lieu dehors. Comme elle ne perdait jamais complètement la tête, elle profita de cette occasion pour menacer Pierre, qui se livrait à une gymnastique désordonnée, ruineuse pour le vieux mobilier, d'une arrestation immédiate.

L'enfant, d'abord incrédule (Polyphie l'avait tant de fois annoncée, la venue des gendarmes!) s'effara devant la réalité, constatée dans l'entre-bâillement de la porte, et se précipita vers son pupitre, en face de Marthe, qui, depuis que son frère aîné l'avait amenée dans la petite salle d'étude, était demeurée coite, ne répondant pas aux « Qu'est-ce que tu as donc? » multipliés de Pierre, et semblant absorbée dans l'étude de leçons qu'elle ne lisait même pas.....

Jean eut la tentation de l'interroger une dernière fois; presque aussitôt, il y renonça. La pauvre fillette devait rester en dehors de tout. Le mystérieux incident de la veille se dévoilerait sans renouveler son désespoir.

Paternel, le brigadier entra dans la pièce occupée par les deux petits, et les rassura.

— C'est bien de travailler, faut continuer.

Pierre suivait de l'œil la perquisition, plus curieux qu'ému.

Marthe se cachait les yeux d'une main, de l'autre elle saisit le bras de Jean, et, profitant de ce que les deux gendarmes ouvraient le grand placard, dans lequel tant de débris avaient trouvé asile depuis des années, elle murmura :

— Ils n'iront pas chez Mlle Miley, n'est-ce pas ?

Quelle étrange question, déterminée, sans doute, par l'ébranlement de tout le pauvre petit être. Le frère aîné répondit tout bas :

— Non, certainement.

Les gendarmes avaient refermé le vaste placard ; Jean les devança et pénétra le premier dans la chambre de Boisseul, qui venait de se vêtir et de s'asseoir dans le fauteuil de paille placé près de la fenêtre, lorsque le froid ne l'obligeait pas à se blottir contre l'âtre.

— Mon père, dit Jean — il maintenait le ton naturel de sa voix, — on va être obligé de vous déranger pendant un instant.

— Quoi! le feu à la maison..... Un effondrement du toit!

Il ne prévoyait que ces moindres catastrophes.

— Non! une formalité obligatoire. La police recherche un homme que l'on croit être réfugié dans le pays..... On fouille partout.

Dorloy arrangeait le coussin du dossier du fauteuil, craignant de trahir son angoisse par l'expression de sa physionomie.

Un cri de fureur, tout rauque, emplit la chambre, et le visage congestionné de Lambert, soudain retourné, fit face à Jean.

— C'est toi qui me vaut cela ! avec tes idées stupides d'amener deux bandits sur le domaine d'honnêtes gens ! Misérable ! va !

Jean, fouaillé en plein visage par la véhémence de l'apostrophe, recula.

Sous la poussée de son indignation, Dorloy faillit laisser échapper la redoutable vérité.

En ce moment, un des gendarmes entr'ouvrait la porte et paraissait sur le seuil.

— Ne vous dérangez pas, Monsieur, cela ne sera pas long, dit le brigadier qui suivait.

— Vous n'avez rien à faire ici !

Sans répondre, les deux hommes procédaient en silence à leur examen.

Boisseul, malgré la souffrance causée par chacun de ses mouvements, suivait du regard les allées et venues, tout en déchargeant à mi-voix sa colère et ses reproches sur son beau fils.

— Allons! nos saluts, Messieurs, c'est fini!

Les sabres résonnèrent dans le couloir ; les gendarmes allaient perquisitionner dans les communs.

Jean sortit après eux, poursuivi par une dernière invective de Boisseul.

XV

Les neigeuses blancheurs du verger se découpaient sur le ciel bleu, dans l'attiédissement de l'air. Devant la nature en fête, Dorloy, au seuil de l'enclos, cherchait à se ressaisir.

Il luttait depuis tant d'années contre les difficultés ! A présent, il considérait le désastre moral, et, ce qu'il voyait avec les yeux de son corps était l'antithèse de ce qu'il voyait avec les yeux de son âme.

Sur les branches desséchées par le froid, les frondaisons éclataient, les plantes s'élevaient, déjà vigoureuses, hors de l'imperceptible graine. Tout manifestait l'espérance des résurrections que Dieu dévoile aux hommes dans l'évangile de la nature.

L'indestructible espoir le forçait à relever son front, à regarder au-dessus de la marée montante des épreuves.....

Ce serait dans la richesse et la fécondité de la terre qu'il trouverait l'aide et le secours.

La somme qu'il devait arracher aux entrailles mêmes du sol pour le rachat de l'homme était sept fois plus considérable qu'avant, et un triste sourire passa sur ses lèvres en se rappelant les sept années de Jacob, déjà écoulées..... Sept années encore avant de mériter Rachel ! C'est-à-dire la joie de la tâche accomplie. Mais était-ce bien là tout le symbole de la « semaine d'années » ? N'y avait-il pas dans son cœur une place, non pas vide, car les pures tendresses ne laissent aucun vide dans le cœur, mais l'appel du cœur au cœur, le plus saint, le plus noble qui soit, du cœur de l'homme au cœur de la femme, qui lui apportera les perfections qui lui manquent pour tenir toute sa place dans le plan divin, l'appel de la force virile à la force de la douceur, l'union indissoluble qui crée le foyer et le maintient intact ?

Jean était résolu. Quoi qu'il pût advenir de Marc, l'argent dérobé par lui serait remboursé. Il le fallait, pour l'honneur de la famille.

Comment y parviendrait-il ? Hilaire, peut-être, eût pu fournir l'argent, mais il ne pouvait obtenir une réponse du business-man avant plusieurs semaines.

Révéler à son beau-père ne fût-ce qu'une partie de la vérité, seulement le chiffre de la dette, en lui donnant pour cause une folie de jeune homme, mettrait ses jours en danger..... Et sa signature à lui, que valait-elle ? Son travail n'était pas rétribué, et cependant c'était la seule manière de remonter le courant qui les entraînait tous.

Voulant éviter que Pierre taquinât Marthe ou fît quelques réflexions malencontreuses, Jean l'emmena avec lui, ayant soin de le garder à vue ; fidèle à la prudence qu'il observait toujours vis-à-vis des « auxiliaires », afin de ne pas laisser l'enfant inactif, il lui avait préparé un travail facile et lui enjoignit de s'y appliquer.

Mais Pierre ne pouvait rester silencieux.

— Pourquoi sont-ils venus, les gendarmes, dis, Jean ?

— Parce que leur chef le leur avait commandé.

— Nous ne le connaissons pas, leur chef ?

— Non.

— Alors, pourquoi les a-t-il envoyés chez nous, s'il ne sait pas notre adresse ?

— N'y pense plus, mon petit Pierre ! et surtout ne fatigue pas ton papa en lui parlant de cela !

— J'ai bien entendu qu'il te grondait..... Ce n'était pas de ta faute ; ce n'est pas toi, bien sûr, qui avais demandé au chef de les envoyer, les gendarmes.

— Je te dis de ne plus parler de cela.....

— Jean.....

— Travaille.

— C'est que..... Je voudrais savoir autre chose..... Pourquoi Marthe a-t-elle tant pleuré hier soir ?

— Ne lui en parle pas.

— Mais on ne peut donc plus parler de rien ! C'est toujours des mystères, maintenant ! Eh bien ! vois-tu, ce n'est pas un mystère cela ! Hier, j'ai fait des sottises et je crois que si je ne les avais pas faites, Marthe n'aurait pas tant pleuré..... Je travaillerai sagement avec Mlle Miley, veux-tu ?

Dorloy ne répondit pas à cette naïve question ; il venait d'être ressaisi tout à coup par les incidents de la veille que la violence de cette nouvelle secousse avait momentanément écartés de sa mémoire.

Aussitôt après le déjeuner, il irait voir l'institutrice ; en même temps, il porterait au bureau de poste une lettre adressée au directeur de la maison de soieries et contenant la promesse de restituer les dix mille francs dérobés.

Encore une heure perdue pour son labeur ! Il s'activerait davantage ensuite.

Les dents serrées, Jean piochait la terre, sans rien accorder aux faiblesses du corps, dépassant le maximum d'intensité de fatigue supporté par des bras humains que tend une implacable volonté.

Il lui semblait que s'il pouvait travailler ainsi, sans arrêt, il conquerrait l'argent du rachat, qu'il engourdirait son angoisse et qu'il réduirait sa pensée à entrer dans le fonctionnement mécanique de tout son être matériel.

11 heures sonnèrent.

Blaise et Loup avaient rangé leurs outils et pris le chemin du hangar.

Pierre, assis sur un tertre, attendait en murmurant :

— J'ai faim.

Dorloy rabattit les manches de sa chemise sur ses poignets, reprit son veston et sa cravate..... Et ce grand garçon, si robuste et si fort, gagna en tremblant la salle à manger..... en tremblant devant la douleur d'autrui, devant cette douleur sans consolation qu'est la douleur ignorant la foi !

Un frémissement nerveux agitait sa bouche ; d'un geste anguleux, pénible, ses doigts, mal assurés, s'efforçaient de tenir le couteau et la fourchette.

Marthe, le visage encore décomposé, serrait les coudes sur sa taille menue, ployait les épaules et ramassait les pieds sur le dernier barreau de sa chaise.

Pierre la regardait avec une sorte de timidité..... Elle était si différente de ce qu'elle paraissait être tous les jours!

Quel repas! dans le lourd silence plein d'orage.

Jean se leva de table en même temps que les deux petits.....

— Reste..... imposa Boisseuil.

Aussitôt que la porte fut refermée :

— La scène de ce matin ne se renouvellera pas ? interrogea-t-il âprement.

— Mon père !..... en suis-je responsable ?

— Oui ! C'est ton absurde invention de faire entrer ces trimardeurs sur ma terre qui a donné l'idée de cette perquisition ! Je veux que tes mauvais gars aient déguerpi ce soir.....

— Mon père ! Ils n'ont rien fait de répréhensible depuis qu'ils sont ici, je vous l'affirme..... Toutes les précautions ont été prises.....

— Tu répliques ! Je suis le maître ! Toi, tu n'es rien ! Si tu n'avais pas donné asile à des bandits, la police n'aurait pas fouillé la maison pour en découvrir d'autres!

Devant cette inconscience du malheureux père, Jean ne trouvait plus un mot à répondre..... C'était lui qui s'effondrait.

Peu à peu le sentiment de la défense, non pas de la défense de ses idées personnelles, mais de la tâche commencée, de la tâche réparatrice, fit renaître en lui la volonté et la force.

— Mon père, vous ne m'obligerez pas à rejeter ces enfants

à la tentation et à la misère ; ils ont un abri, une direction, tout ce qui avait manqué à leurs premières années......

— Des grands mots ! des idées de curés !

Jean s'était levé, il faisait face.

— Oui, mon père! Ce sont de grands mots, car ils expriment de grandes idées !.... l'idée de la charité et celle du relèvement moral..... Tout être déchu a le droit de se réhabiliter! Tout homme a le devoir de l'y aider!.....

— Assez de phrases ! Je te le répète, je suis le maître !

Le ton était si âpre et si dur que, pour la seconde fois en quelques heures, Jean, ce robuste ouvrier de la terre, éprouva une défaillance.

Malgré tout, il ferait germer le grain de sénevé qu'il avait mis en terre..... Et, puisqu'il ne pouvait faire vibrer les cordes du cœur, il s'attaqua à l'intérêt.....

— Mon père, dit-il, songez aux travaux commencés ! Je ne puis les continuer seul! les bras manquent..... il faut prendre l'aide qui nous vient! Faites-moi grâce de quelques jours.

Il ne pouvait ajouter : Je dois travailler par le rachat de ces vagabonds au rachat de votre fils.

Mais tout son effort se condensait dans cette idée.

Boisseul fronça les sourcils..... il laissa tomber sur la table ses pauvres doigts à demi tordus.

Son beau-fils connaissait la signification de ce geste.....

Rien n'était accordé, mais l'infirme cessait de lutter, et ce répit assurerait gain de cause à l'inébranlable croyant qu'était Dorloy.

XVI

Jean avait dû renoncer à l'entretien projeté avec Mlle Miley.

La rédaction de la lettre qu'il adressait à Paris dix fois recommencée, sa course à la poste, l'avaient mené jusqu'à l'heure de la classe. Il retourna aux champs, espérant causer pendant quelques instants avec Lisa, lorsqu'elle quitterait les Herbines, à la fin de l'après-midi.

Une question tout actuelle se dressait dans son esprit et s'y répétait à satiété :

— Où est Marc ?

Les réponses se succédaient, troublantes, et prenaient la

forme d'images rapidement évanouies, la fuite éperdue..... les cachettes invraisemblables en plein cœur de Paris.....

Tandis que Jean s'absorbait ainsi, Anthime Périgot flânait sur le chemin, jetant sur le domaine de Boisseul un regard détaché.

Parmi les travailleurs, nul ne semblait le voir. Il aurait voulu examiner la physionomie de Dorloy, s'assurer, par l'expression du regard dirigé vers lui, du silence de Marthe.

Cependant, il se tranquillisa fort vite sur ce sujet.

Jean l'avait certainement aperçu et ne voulait pas en avoir l'air. C'était une marque d'antipathie, une affectation de dédain. Il se croyait un tel personnage !

S'il se fût douté de quelque chose, Dorloy se serait précipité furieux, avec des gestes de menaces.

Périgot triomphait. Mais ce triomphe ne lui suffisait pas.

L'attitude des « frérots » l'agaçait.

C'est qu'ils faisaient proprement leur ouvrage, ces deux scélérats. Avec vigueur et dextérité, Loup creusait les sillons d'un champ de pommes de terre, tandis que Blaise, tout coloré par la brise, plaçait chaque morceau de semence dans le creux préparé.

Périgot siffla, toussa, appela un chien imaginaire.

Loup, enfin, releva la tête et, s'appuyant sur sa bêche, le regarda. Allait-il s'approcher de la haie ?

Loup fit un mouvement, un geste de Blaise l'arrêta.

— Ah ! toi aussi, murmura Anthime.

La volonté de détruire à mesure que Jean édifiait le tenaillait. Il ne se demandait même pas quel avantage personnel il en retirerait.

Otant de sa poche un journal soigneusement mis de côté depuis trois jours pour être placé sous les yeux de Loup, il se baissa, ramassa une pierre plate, l'entoura de la feuille anarchiste, noua le tout avec un bout de ficelle, et, tendant le bras comme s'il eût tenu une fronde, lança le projectile, qui vint s'abattre au milieu du sillon, puis il s'éloigna d'un pas rapide, car il venait d'entendre la voix de Jean avertissant Blaise de prendre du repos.

Dorloy interrogea le jeune homme, compta les pulsations. Il ne présentait aucun symptôme de fièvre. Il lui recommanda néanmoins de se ménager.

Soudain il s'entendit héler par la voix aiguë de Pierre.

Que se passait-il à la maison ? La terrible crainte de toucher à une nouvelle phase de la catastrophe et de n'avoir pu prévenir le choc qui pouvait en résulter pour Boisseul raviva dans tout son être l'angoisse du matin.

Il alla au-devant de Pierre.

— Jean, viens vite — l'enfant haletait à force d'avoir couru, — Marthe s'est enfermée dans sa chambre, elle dit qu'elle ne prendra pas sa leçon. Polyphie se fâche. Bien sûr, papa va l'entendre. Dépêche-toi !

Dorloy hâtait le pas. Sa course fut interrompue par une exclamation de son petit frère :

— Mlle Lisa! Dans le sentier! Elle vient plus tôt que de coutume!

En effet, l'institutrice franchissait la grille. Sa démarche était alourdie, hésitante presque.

L'occasion désirée se présentait d'elle-même.

— Rentre, dit Jean à Pierre, dis de ma part à Polyphie que je me charge de faire entendre raison à Marthe et qu'elle doit la laisser se reposer. Va préparer les livres et les cahiers et remettre un peu d'ordre.....

Le petit ne se fit pas prier et détala au plus vite. Il éprouvait une confusion à se trouver vis-à-vis de Mlle Miley. Le plus tard serait le mieux.....

Le regard de Jean et celui de Lisa se croisèrent avec une expression de détresse, et chacun crut avoir répondu à l'angoisse de l'autre.

La main gauche de l'institutrice s'ouvrit et laissa voir une lettre froissée qu'elle présenta à Dorloy.

— Conseillez-moi, je vous en prie, dit-elle.

Rapidement, Jean déplia le papier et lut :

Mademoiselle,

On a la preuve que la personne âgée que vous hébergez est une ci-devant religieuse..... Vous le cachiez en vain..... Le fait n'est pas encore ébruité..... les objets de couvent placés dans la chambre, le nom que vous donnez à cette dame qui ne peut pas être *votre sœur* sont connus de moi.

Vous pouvez vous assurer mon silence..... Trouvez-vous ce soir, à 8 h. ½ à la première borne kilométrique de la grande route de Paris.....

Au dernier mot, Jean s'écria :

— N'y allez pas !

— Mais si je puis conjurer cette menace?

— On vous placera dans quelque affreuse alternative.

— Une affreuse alternative ! Oh ! oui.....

Ce fut un trait de lumière.

Malgré l'effort pour déguiser l'écriture, Lisa y trouvait la réminiscence d'une autre missive qui l'avait jadis troublée.

Périgot lui fixait ce rendez-vous pour obtenir d'elle, par la crainte, la promesse de l'épouser.

Instinctivement, les yeux de la jeune fille s'étaient fixés sur Dorby, comme dans un appel à sa protection.

Lisa considérait ce mâle visage, sans rudesse pourtant, dans lequel une expression de force loyale, de noble franchise mettait une beauté.

Jamais elle n'avait aussi bien compris que c'était à Jean seul qu'elle pouvait confier sa vie, en même temps que sa conscience chrétienne, tout autant que sa répulsion instinctive, l'éloignait de l'homme qui la recherchait par de si répugnants moyens.

A cette minute d'angoisse et de désespoir passa dans les yeux de Lisa et de Jean une lueur [illegible] d'espérance. Ils seraient un jour l'un à l'autre pour accomplir ensemble l'œuvre de Dieu.

Mais il fallait lutter dans le présent, le corps à corps avec les difficultés immédiates.

— Je vous demande conseil, prononça Mlle Miley, et je vous dois des explications. Ce qu'écrit ce..... cette personne est exact..... Mais, en accueillant la pauvre vieille expulsée qui m'instruisait, il y a quinze ans, et que ma sœur, novice dans le même couvent, a recueillie, sans ressources et sans abri, je n'ai pas violé la neutralité scolaire. Ni ma Sœur Rose, d'ailleurs alitée, ni Lucie, ma propre sœur, qui n'a pourtant pas encore prononcé ses vœux, ne pénètrent dans les classes et n'ont de rapport avec les enfants.....

Elle s'arrêta soudain, passa la main sur son front, et reprit, en cherchant à écarter la pensée subite qui mettait tant d'émotion dans sa voix :

— Je me défendrai devant l'inspecteur d'Académie..... Je ne contreviens à aucune de mes obligations.....

— Vous êtes certaine que nul n'est entré chez vous?

— M. le curé est venu deux fois. Il est hors de cause, j'imagine.

— On a pu le voir pénétrer chez vous et tirer des conclusions.

— Je n'ai pas caché que la pauvre vieille amie que je suis allée chercher à la gare était malade. Dans le bourg, nul ne pouvait s'étonner qu'elle demandât les secours de la religion. Tous les vieillards appellent ou reçoivent le curé. Quant au docteur, il est au-dessus de tout soupçon. Je ne m'arrête pas à certaines de ses idées. Il est beaucoup plus près de Dieu qu'on ne le croit! C'est un homme d'honneur.....

— Pendant une absence de votre sœur et de vous-même, quelqu'un a pu s'introduire.....

— Nous sommes sorties ensemble une seule fois, le lendemain de son arrivée, et de très bonne heure. J'avais emporté les deux clés, celle qui ferme la porte du côté de l'école et celle de la porte de la rue.

La même pensée qui avait assailli Lisa, rapide comme un éclair, lui revint encore à l'esprit avec plus de force. Au lieu de la confier à Jean, elle la repoussa de nouveau et détourna la tête.

— Je vais faire travailler les enfants, dit-elle.

— Je rentrais justement pour conduire Marthe dans la petite salle. Elle est très nerveuse depuis hier soir, et Pierre est venu m'avertir qu'elle s'était enfermée dans sa chambre et déclarait ne pas vouloir prendre sa leçon..... J'ouvrirai la porte bon gré mal gré. Je suis persuadé qu'elle vous confiera ce qu'elle refuse de m'avouer et qu'avec votre aide je connaîtrai la cause d'un incident bizarre qui s'est produit hier dans la soirée.

— Non, je vous en prie, laissez-moi aller toute seule auprès de Marthe, dit vivement Lisa.

— Vous ne pourrez pas forcer la porte!

— Laissez-moi faire.

L'insistance de Mlle Miley devenait fébrile.

Ils se séparèrent, allant chacun vers l'accomplissement du devoir.

Nulle parole définitive encore, mais chacun sentait si bien que les joies et les souffrances seraient désormais partagées!

Jean retourna aux champs, les épaules ployées sous le fardeau des jours, mais le cœur haut et confiant en la Miséricorde qui veille sur les âmes de bonne volonté.

Mlle Miley rejoignit Pierre qui vint au-devant d'elle, empressé. Il avait hâte de s'excuser, mais son remords ne dépassait guère son désir que le silence fût fait le plus vite possible sur son attitude de la veille.....

Lisa semblait avoir oublié les torts du petit garçon, car elle commença par réclamer Marthe.

— Elle pleure, et Polyphie l'a grondée à travers la porte.

Hélas ! ce fait banal se renouvelait trop souvent dans l'existence de la fillette et en constituait la trame sur laquelle le dessin de la vie ne parvenait pas à se tracer.

— Pierre ? Savez-vous ce qu'elle a ?

— Depuis hier soir, personne ne le sait.

« Depuis hier soir ! » Le sens de ces trois mots s'affirmait de plus en plus dans le cerveau de Lisa.

Elle s'assit à côté de Pierre, s'efforçant de fixer son attention, corrigea les devoirs, lui indiqua un exercice de grammaire à copier, et alla frapper tout doucement à la porte de Marthe.

Ne recevant pas de réponse, elle fit tourner le bouton, et, après un peu de résistance, poussa la porte..... et entra.

Il s'était passé une chose fort simple ; après que les injonctions de Jean eurent été fidèlement transmises à Polyphie par Pierre, enchanté d'avoir officiellement à faire des observations à quelqu'un, et cela sans qu'on pût lui répliquer, la vieille servante avait levé le siège de la porte, et lorsque la petite fille l'avait entendue se replier du côté de la buanderie, elle s'était glissée jusqu'à la cuisine pour chercher de l'eau, car elle mourait de soif..... mais, en rentrant, elle n'avait poussé le verrou qu'à demi.

En apercevant l'institutrice sur le seuil de sa chambre, Marthe avait poussé un cri de jeune fauve et s'était jetée sur son lit en se roulant dans son couvrepied.

— Je ne vous ai jamais fait peur, Marthe ? Qu'avez-vous ?

— Je ne veux plus vous voir ! Jamais ! Jamais !

L'enfant éclatait en sanglots.

La main caressante et douce écartait les cheveux mêlés.

— Je ne veux pas ! Je ne veux pas !

— Que vous ai-je donc fait, ma pauvre petite ? Je ne vous ai jamais vue ainsi !

— Vous ne m'avez rien fait ! C'est moi ! C'est moi ! Allez-vous-en..... vous me rendez malade..... Laissez-moi !.....

Avec une force tempérée de douceur, Lisa maintint les doigts de l'enfant dans les siens.

Elle en savait assez, à présent, pour saisir le fil conducteur.

Mais par quel moyen Marthe avait-elle été amenée à ce rôle d'espionne par ce misérable Périgot?

Mlle Miley éprouvait sur ce point une telle angoisse que la menace proférée contre elle-même passait au second plan.

Ses yeux étaient tout remplis par la vue de ce visage ravagé par les larmes, de ces doigts menus s'entre-choquant, de cette attitude désespérée de petit être qui a peur.

Toute la compassion maternelle, innée chez la femme pour l'enfance douloureuse, se concentra dans le cœur de Lisa ; elle pressa Marthe sur son cœur, et, avec la tendresse d'un tutoiement inusité, murmura :

— Dis-moi ce qui t'afflige, ma chérie..... Si c'est moi que tu as offensée, je te pardonne.....

Marthe se débattit d'abord. Cette petite âme à laquelle l'autorité paternelle refusait l'accès du confessionnal se dérobait devant l'aveu, ne comprenant pas qu'il est le premier degré de l'expiation. Mais le cœur de la femme est l'intermédiaire entre l'enfant coupable et le pardon divin.

La persuasion se glissa dans l'esprit de Marthe, la tendresse acheva d'ouvrir son cœur ; et, subitement, l'angoissante torture du remords s'abolit dans l'aveu..... le premier aveu qu'elle eût jamais fait de sa vie.

— Vous avez désobéi..... la faute a été grave..... Jamais vous ne recommencerez? murmurait doucement Lisa.

— Oh ! non !

Ce fut tout..... puis un baiser..... un baiser de mère.

Ce n'était pas la pauvre petite qui avait placé l'institutrice dans la cruelle alternative de perdre sa situation, le pain de la vie quotidienne, ou de repousser la créature chassée, persécutée, vieille et malade, qui avait veillé sur son enfance !

Tout cela était l'œuvre d'un lâche qui avait amené l'enfant à être complice de ses vils desseins.

. . . .

Avec une netteté parfaite, Lisa se souvenait maintenant avoir entrevu à deux reprises, plusieurs jours de suite, tandis qu'elle montait aux Herbines, la silhouette de Périgot glissant entre les haies..... Il guettait, sans nul doute, l'occasion de surprendre Marthe, dont il avait dû observer les récentes allées et venues entre la maison d'école et sa propre demeure.

. . . .

— Nous avons longuement causé aujourd'hui comme de grandes amies ! déclara Mlle Miley..... Nous devons maintenant aller rejoindre votre frère.....

Elles sortirent, la main dans la main, la femme chrétienne et l'enfant qui avait connu les premières affres du repentir. Marthe ne pleurait plus, mais elle restait muette.

Pierre, à la dérobée, jetait un coup d'œil sur sa sœur. Depuis la veille, elle avait grandi à ses yeux ! Elle était « quelqu'un d'autre » !

Lisa avait essayé de s'absorber dans le devoir professionnel et d'ouvrir ces petites intelligences au véritable sens des choses ; malgré tous ses efforts, sa pensée se dédoublait. Ne devait-elle pas s'attendre à une dénonciation ? Le fait très simple qui servirait de base serait changé, dénaturé. Mais elle ne transigerait pas avec sa dignité. Elle n'irait pas au rendez-vous offert.

Quelque lourd que fût le fardeau qu'elle devait traîner dans l'existence, si le pain quotidien lui était enlevé, elle s'attèlerait aux brancards, elle ne défaillirait pas en immolant les principes sacrés qu'elle avait préservés, jusqu'ici, au milieu de tant d'écueils.

. . . .

La leçon s'était prolongée..... Jean rentrait à l'heure du repas ; il croisa Mlle Miley contre laquelle Marthe se blottissait.

La jeune fille poussa l'enfant dans les bras de son frère.

— Marthe est consolée, dit-elle, ne lui parlez plus de rien.

— Et la lettre ? murmura Dorloy après avoir embrassé sa petite sœur.

— Je la brûlerai et ne répondrai pas ! Nous sommes entre les mains de Dieu.....

XVII

La journée s'achevait dans une paix relative.

Grâce au silence gardé par Lisa sur les aveux de Marthe, Jean croyait à un ébranlement nerveux passager ; il veillerait seulement à tenir sa petite sœur à l'abri de toute secousse.

Le calme tombant sur les choses l'engourdissait après la fatigue du jour.

Le fait redoutable, tout en pesant sur son âme, en froissant en lui ce qu'il y avait de plus délicat, s'atténuait sous l'impression que laisse la pensée du devoir accompli..... la promesse de la réparation. Dieu ferait le reste!

Il tiendrait ferme contre l'injustice de Boisseul..... Il ferait la part des souffrances physiques et morales qui rejaillissaient sur lui, épargnant le coupable, tels ces nuages de grêle qui fondent sur le champ de blé, ensevelissant sous la tassée de leurs grains, froids et humides, la terre féconde, épargnant le sol pierreux et la jachère où croissent les épines et les ronces.

Mais le soleil s'est levé, les grêlons ont fondu, les récoltes futures se sont redressées, et la moisson, au prochain été, répondra à l'action providentielle du Créateur!

Il lutterait, doux et tenace, prudent et rempli de confiance, avant de rejeter en pleine eau sa pêche miraculeuse. Il prierait pour que la faute du coupable ne retombât point sur les autres..... sur le père accablé, sur les enfants innocents, sur ces jeunes gens qu'il tentait d'arracher à la perversion et qui seraient la rançon de la faute aux yeux de la Miséricorde!

. . . .

Le grand silence de la nuit s'était fait.

Seul, Jean était entre la veille et le sommeil.

Tout-à-coup, il perçut une rumeur lointaine; il s'assit sur son lit pour mieux entendre les bruits qui venaient du dehors; ils se précisèrent dans ce cri:

— Au feu!

Vêtu hâtivement, Dorloy se précipita dans la cour.

Un jet de flamme s'élevait du côté du bourg.

Jean retourna sur ses pas, ferma la porte de la maison à clé; tandis qu'il franchissait la grille, les « auxiliaires » accouraient sur la route après avoir sauté la haie.

Dorloy pensa soudain aux accès de fièvre de Blaise; il saisit le poignet de l'adolescent au moment où celui-ci le rejoignait.

— Pas la peine! les événements, ça chasse la fièvre!

Le poignet glissa hors des doigts de Jean..... D'ailleurs, la température était douce..... Là-bas, les cris augmentaient.

Dans l'ombre du chemin, Dorloy se heurta contre un groupe.

— Où est le feu ? Savez-vous ?

— On dit que c'est le poste qui brûle !

Cinq minutes plus tard, Dorloy se trouvait dans la foule.

— Faudrait commencer par le tirer de là ! déclarait un de ces braves gens qui se tiennent toujours à distance pour manifester plus à l'aise leurs sentiments d'humanité.

— Le tirer de là ? qui donc ?

— Le prisonnier, quoi !

— Le prisonnier !

— L'homme que le garde champêtre a trouvé endormi dans un fossé, le visage emmitouflé, et a traîné jusqu'au poste, avec l'aide d'un bicycliste qui passait.....

— Qui est-ce ?..... Qui est-ce ?..... interrogea Dorloy, soudain violent, sans même se rendre compte que sa question était extravagante.

Loup et Blaise le regardaient étonnés ; il était toujours si calme en leur parlant !

Une voix répondit :

— On ne sait pas son nom..... il n'avait pas de papiers sur lui.....

— A la chaîne, vite! prononça Dorloy.

Mais, pendant qu'il se frayait un chemin, il entendit quelqu'un dire à son interlocuteur.

— On a vu les gendarmes dans la contrée, ce matin...., paraît qu'ils cherchaient l'assassin?

— Quel assassin ?

La réponse fut perdue dans le brouhaha.

— Les gendarmes ! Oui ! *on* les a vus ! grommela Loup.

Blaise lui serra le bras.

— Pourquoi me pinces-tu, frérot?

— Tais-toi.....

— Qu'est-ce qu'il y a ?

— Je ne sais pas, mais faut se taire.....

Dorloy, à présent, était tout près du poste. Son cœur bondissait dans sa poitrine.

— On n'entend plus crier ! dit un des pompiers.

— Allez toujours, les gars ! cria le sergent.

Ainsi, l'appel désespéré du malheureux avait percé la muraille épaisse, dominé le tumulte..... et on ne l'entendait plus !.....

Un être humain subissait l'horrible supplice, et..... peut-être..... cet homme, sans papiers, dissimulant son visage, venant s'abattre comme une bête blessée qui retourne au gîte..... était.....

L'atroce pensée bouleversa Jean au point de transformer en cris rauques les mots que lançait sa bouche dans un frémissement :

— Donnez-moi une pique, une hache.....

Des bras robustes le retinrent, tandis qu'ayant saisi un instrument de fer gisant sur le sol et dont un forgeron s'était servi avant que la fumée et les flammes l'aveuglassent, Jean se jetait dans la fournaise.

— Ah ! pas cela, dites donc ! imposait la voix du maire. En voilà un coup ! Pour un misérable qu'on trouve ivre dans un fossé, brûler un brave garçon ! Et le père, et les petits ?

Jean venait de se débarrasser des mains attachées à ses épaules, lorsqu'un fracas épouvantable se fit entendre ; un les murs du bâtiment incendié s'écroulait.

Dorloy se précipita, devançant les pompiers.

. . . .

Nulle trace de prisonnier. Plus tard, lorsque les recherches purent être complétées, on découvrit que deux barreaux de la fenêtre grillée, donnant sur un jardin, avaient été descellés.

Quel qu'eût été le captif, nul ne connaîtrait son nom, nul n'avait aperçu son visage. Il avait échappé à une mort affreuse, innocent ou criminel, jeté au bord de la route par la misère ou fuyant devant la justice. Nul ne le saurait jamais.

Un profond soupir de soulagement s'échappa de la poitrine de Dorloy.

En s'éloignant, il croisa Mlle Miley, qui avait vaillamment fait la chaîne.

Tandis qu'ils échangeaient une poignée de main, une voix gouailleuse détachait cette phrase sur un ricanement :

— Vous êtes rassurée, Mademoiselle. *Il* n'a pas un seul cheveu brûlé..... Vous courez dehors à minuit pour voir s'*il* n'est pas grillé ! Mais vous ne sortez pas à une heure moins tardive pour chercher des renseignements utiles.

Lisa et Jean regardèrent autour d'eux et ne virent personne.

— La voix est déguisée, comme l'écriture, murmura Dorloy.

Ni l'un ni l'autre ne se retournèrent.

XVII

Plus troublé encore que l'institutrice qu'il avait fait appeler, l'inspecteur primaire cherchait les mots. Car il se sentait en face de ce fait répugnant à tout cœur de Français : la délation.

La pièce dans laquelle il recevait Lisa était haute, étroite, mal éclairée. Chaque meuble décelait la gêne secrète, sous l'effort ingénieux pour la dissimuler.

— Je regrette, Mademoiselle, d'être forcé de vous soustraire à vos obligations professionnelles..... que vous remplissez fort bien..... En..... d'autres circonstances, j'aurais voulu en donner un..... un..... témoignage public.....

— Celui-ci me suffit, Monsieur l'inspecteur.

— Je suis obligé de vous avertir que notre entretien va être pénible..... Autant pour moi que pour vous, croyez-le bien.....

— Il ne peut l'être pour moi, je n'ai rien à me reprocher.....

— Je n'ai pas de faute à vous reprocher, Mademoiselle. Il s'agit d'un..... manquement.....

— Lequel, Monsieur l'inspecteur ?

— Il y a, dans le local de l'école, deux personnes..... une surtout (pour l'autre, le cas est discuté) qui n'ont pas le droit d'y séjourner.

— Ces personnes ont-elles commis un délit? Ont-elles violé la neutralité scolaire ?

— Non, sans doute..... Rien ne l'affirme..... Seulement, il ne faut pas jouer sur les mots.

— Je ne joue pas sur les mots, Monsieur l'inspecteur, je vais même vous présenter les faits. Une vieille femme a passé toute sa vie à faire le bien..... Elle était confiante dans les lois de son pays qui l'autorisaient à vivre dans une demeure choisie par elle, et où un abri et du pain lui étaient assurés..... Du jour au lendemain, sans que lui soit rendue la part qu'elle a apportée à la communauté, elle est jetée sur le pavé..... Elle n'a plus de famille, plus de force.....

— *Dura lex, sed lex.....*

— Oh ! Monsieur l'inspecteur ! Vous et moi n'appartenons pas à l'enseignement classique ! Mais ces mots que nous comprenons cependant, vous et moi, nous les interprétons de manière différente. Et peut-être y a-t-il quelque chose de changé dans le monde depuis que ces paroles ont été prononcées.....

— Le droit romain subsiste encore.....

— Et le christianisme subsistera toujours.....

— Mademoiselle !.....

Etait-ce un reproche qui passait dans sa voix ou une prière de ne pas évoquer certains souvenirs ? Fut-ce une vision de la lointaine enfance, vision de la vieille cathédrale où l'encens s'élevait en nuages sous la forêt des arceaux innombrables que la foi du moyen âge avait dressés vers le ciel ?

La tête baissée se releva peu à peu. La voix tremblait légèrement.

— Nous ne pouvons rien changer aux lois de notre pays, Mademoiselle !

— Y a-t-il en France une loi qui oblige une Française à refuser un abri et du pain à une autre Française et à la laisser mourir de misère et de vieillesse ?

— Je ne..... Je ne vois pas que.....

— La loi, la dure loi, a dissous une communauté, elle a partagé ses biens (dont les pauvres touchaient le revenu) entre ceux qui n'y avaient pas droit..... Cette communauté est-elle reformée parce qu'une expulsée malade, dénuée de tout, une pauvre ouvrière et une petite fonctionnaire de l'Etat qui remplit strictement son devoir vivront honorablement sous le même toit ?

— Ces expulsées profitent d'un local appartenant à l'Etat. Vous les nourrissez sur le traitement que vous accorde l'Etat.

— Mon traitement, Monsieur l'inspecteur, est-il un don gratuit ? Est-ce qu'il n'est pas l'indemnité dévolue au don de moi-même, à ma fonction, à mon temps, à mon travail ?.....

— Si vous vous privez, vous ne pourrez pas remplir vos devoirs professionnels. Vos forces ne vous appartiennent pas.

— Ma sœur cherche de l'ouvrage..... Elle est active et laborieuse.....

— Je ne nie pas, mais le local ?

— Si j'étais mariée ou si j'avais quelques vieux parents à soutenir ?

— Le cas serait différent.

— Serait-il différent si, au lieu d'être institutrice communale, j'étais une institutrice libre, rétribuée et logée aux frais d'une société *libre*, composée de catholiques, et si je prenais chez moi une vieille institutrice laïque, n'ayant jamais professé notre foi, mais qui m'aurait jadis instruite avec sollicitude ? Que diriez-vous si le Comité fondateur de l'école me sommait de renvoyer la pauvre créature malade dont je serais le soutien unique ?.....

— Mais dans le cas..... que vous supposez, cette personne aurait une retraite.....

— Monsieur l'inspecteur, si cette retraite existait dans la situation que je suppose, elle n'existe pas dans le cas réel, puisqu'au lieu de payer *on* a tout pris.....

Les doigts nerveux du fonctionnaire s'exacerbaient au milieu des papiers posés sur son bureau, ôtant et replaçant les objets qu'il touchait. A mesure que son trouble augmentait, il s'efforçait de se monter, de s'irriter contre celle qui défendait la cause de l'humanité contre la « dure loi ».

— Vous manifestez des tendances cléricales, Mademoiselle, déclara-t-il enfin.

— Je ne sais pas quelle est la signification du mot « clérical », Monsieur. Mais vous m'avez tout à l'heure félicitée de la façon dont je m'acquittais de ma tâche. Ma foi catholique est mon guide.....

— Il est à craindre que, dans les explications que vous donnez à vos élèves, vos..... opinions..... intimes ne percent trop.

— Les parents s'en plaignent-ils ?

— Peut-être n'osent-ils pas. Les habitants des campagnes sont, en général, arriérés, timides et, tranchons le mot, quoique vous feigniez de n'en pas comprendre le sens..... cléricaux..... dominés par les..... par l'élément..... curé.....

La formule était trouvée !

— Ne discutons plus, Mademoiselle.

Et, se levant pour signifier que l'interrogatoire prenait fin, il ajouta :

— Le Conseil délibérera sur votre cas.

La voix s'efforçait à la dureté, à la dureté de Pilate après que les Juifs lui eussent crié : « Si vous ne condamnez pas le Galiléen, c'est que vous n'êtes pas l'ami de César ! »

Lisa restait debout, très pâle. Elle se sentait en face de sa destinée. Un voile, subitement, s'étendait devant elle, entre son âme et la foi qui la soutenait.

Au fond d'elle-même, jusqu'à cet instant, elle n'avait pas redouté la sanction qui allait l'expulser, elle aussi, la laisser sans toit et sans ressources.

Et soudain, dépouillée en ce moment de tout secours divin, elle passa par les transes de l'agonie humaine.

Un mouvement de compassion adoucit la physionomie de l'inspecteur.

— Peut-être, Mademoiselle, usera-t-on d'indulgence à votre égard. On tiendra compte de votre valeur professionnelle. Prouvez d'avance votre volonté d'agir toujours en accord avec vos supérieurs. Vous rentrerez tard ce soir, mais demain vous prendrez une mesure *immédiate*..... Et si vous..... si vous êtes *seule* à l'école, à partir de midi, il est possible que le Conseil passe l'éponge sur un regrettable incident. Je m'y emploierai, je vous le promets !

Oh ! cet appel à la compromission !

Le voile se déchira ! la lueur de la foi inonda de nouveau l'âme, un instant défaillante sous l'épreuve. Au lieu de repousser le calice, Lisa tendit la main pour le prendre.

— Non, Monsieur, dit-elle avec fermeté, je n'accomplirai pas ce que je réprouverais si une autre l'accomplissait..... Quoi qu'il arrive, j'ai la conviction d'avoir pour moi l'opinion de tous les gens de cœur et, je le sais, votre estime !

Un battement des paupières, une crispation de la main qui tenait déjà le bouton de la porte, mais pas un mot.

Mlle Miley s'inclina pour prendre congé ; l'inspecteur la salua profondément, comme on salue ceux qui vont faire face au danger que l'on n'ose affronter soi-même.....

. . . .

En revenant vers son bureau, le fonctionnaire ouvrit le sous-main qui en occupait le centre ; il fixa les yeux sur une feuille de papier quadrillé repliée en deux..... Un frisson de dégoût secoua ses épaules. En cet instant, il eût voulu la saisir avec des pincettes et la jeter sur des charbons qui mouraient dans l'âtre..... Mais il n'accomplit pas le geste, car il avait peur..... peur d'être, à son tour, dénoncé !

XIX

Depuis deux jours, Dorloy parcourait, anxieux, les six pages du petit quotidien que recevait son beau-père ; tremblant d'y lire l'arrestation de Marc. Il apportait le journal à Boisseul quand il avait acquis la certitude que nul article ne s'y rattachait.

L'angoissant mystère de l'incendie du poste ne s'éclaircissait pas.

Les récits du garde champêtre et les témoignages de ceux qui avaient *vu* ou *croyaient avoir vu*, étaient de plus en plus contradictoires.

Que d'émotions violentes en peu de jours dans cette existence laborieuse ! Quelles tempêtes s'abattaient sur ce coin tranquille !

Dès qu'il avait le temps de penser, Jean se demandait :

— Où est Marc ?

Dorloy calculait qu'il n'aurait pu encore recevoir un accusé de réception de la lettre qu'il avait écrite au patron de son frère, mais il l'attendait à chaque courrier, en proie à ce trouble cérébral qui empêche d'ajouter les heures aux heures et de fixer les dates. Les projets se succédaient, roulaient dans sa tête pour arriver à opérer le remboursement promis, sans donner l'éveil à son beau-père.... Il attendait encore pour écrire à Hilaire.

Rebelle à tout avis, défiant par nature, et si personnel, le « business-man » prendrait-il part, sur la simple demande de celui qu'il nommait toujours son « demi-frère », au coûteux allègement de la culpabilité de son vrai frère ? Contribuerait-il à cette protestation de l'honneur familial ?

A chaque repas, Jean était accueilli par cette apostrophe :

— Et tes bandits ? En serai-je débarrassé ce soir ?

Le flottement pénible de l'instabilité entrait dans son cœur.

. . . .

Lisa avait prévenu les enfants qu'elle ne viendrait pas le lendemain, jeudi, et n'avait pas motivé la cause ; le lendemain, elle avait évité de parler à Jean. Elle redoutait qu'il ne devinât le rôle joué inconsciemment par Marthe dans l'infamie de Périgot ! Elle voyait Dorloy si préoccupé et soucieux ! Elle faisait tout pour détourner de lui une affliction.....

Sans prononcer aucun nom, elle avait été exposer au curé la situation qui lui était faite.

— Attendons..... Entre les mains de Dieu, lui avait-il dit, les événements en apparence les plus contraires sont parfois ceux-là mêmes dont sort le plus grand bien. Mais ne restons pas néanmoins inactifs ! L'acceptation courageuse des circonstances implique aussi la lutte pour en atténuer les effets.....

Mais comment parer aux conséquences matérielles du renvoi de l'école ?

Le pasteur était dans l'impossibilité d'offrir un secours. Ses charges étaient lourdes..... Depuis la Séparation, il vivait dans une demeure exiguë, incommode, avec sa mère et sa tante, pauvres vieilles femmes qu'il soignait et servait en leur laissant croire, par des prodiges d'ingéniosité charitable, qu'il était soigné et servi par elles ! Pas un coin où recueillir les expulsées !

Dans le bourg, chaque maison était pleine, ou occupée par quelques personnes seules, maniaques, égoïstes, qui se refuseraient à tout arrangement, puis certaines gens seraient pris de craintes irraisonnées.....

— Oh ! si le comte et la comtesse Darbeillan voulaient !

Après le départ de Lisa, cette pensée hantait le curé.

Ne pourrait-on organiser pour en faire une école libre, dans l'enclos des Tilleuls..... ces trois habitations abandonnées, essaimées à l'entrée du bourg dans un terrain planté d'arbres des forêts et d'arbres fruitiers, devenus de véritables sauvageons ? Nous ferions là une véritable cité paroissiale, un centre d'œuvres rurales et de patronages, un asile pour *toutes* les expulsées ! Comment y amener les châtelains, la comtesse surtout ? Le comte voudra bien ! Il n'ose ! J'ai pris, hélas ! l'autre jour, la mesure de mon influence. Si le Dr Lestral voulait, peut-être se ferait-il écouter ! Il n'est pas des nôtres, mais il semble si près de nous ! Il fait partie de l'âme de l'Eglise, s'il ne fait pas partie de son corps ! Peut-être ! De grands chrétiens ont été dans la première partie de leur vie des adversaires ou des dissidents. Et pourquoi, mon Dieu, ne mettez-vous pas la fortune aux mains de ceux qui s'en serviraient pour glorifier votre nom ! Si Jean Dorloy était un de ces maîtres de la glèbe ! entre les mains desquels l'or afflue, la source des aumônes ne serait jamais tarie..... Mais, vous l'avez voulu ainsi, mon Dieu ! pour nous éprouver, nous, vos fils, et pour saisir ceux qui vous connaissent mal par l'imprévu de leur retour à vous !

Et le curé, dans la simplicité de son âme, très grande parce qu'elle était très humble, s'arrêta net, se reprochant à lui-même des audaces de prophète !

Hélas ! elle était si longue l'histoire sans cesse répétée de ses tentatives, de ses déceptions, de ses échecs..... Et ce serait maintenant l'histoire lamentable de l'institutrice, allant de porte en porte, s'épuisant en efforts désespérés pour trouver une occupation. Des leçons pour elle, des travaux d'aiguille pour sa sœur ! des ressources pour la vieille malade, toute frissonnante dans son lit et qui allait avoir de si redoutables lendemains !

. . . .

Les mêmes pensées remplissaient l'esprit de Lisa, en retournant à la maison d'école.

Quelle chance pouvaient-elles avoir, Lucie et elle, de gagner leur vie à Vandreville ? Partir alors ? Mais, où se diriger ? Comment subvenir à la dépense d'un déplacement, et, d'ailleurs, ne serait-ce pas courir à des incertitudes cruelles ?.....

Son énergie venait se heurter contre la matérialité des faits, contre sa propre impuissance, mais aucun de ces chocs douloureux ne détruisait en elle le suprême espoir !

XX

— Eh ! mon cher ami ! ce garçon est à l'âge de la croissance ! ces mouvements fébriles sont très explicables..... La conformation ? Un peu grêle, mais suffisante ! Il a déjà toute autre mine qu'il y a quinze jours.

Le docteur quitta le hangar où il venait d'ausculter Blaise et de rassurer Jean !

— Quant à l'autre, malgré ses yeux de bête fauve, il m'a étonné..... Il a changé..... Seulement.....

— Seulement ?.....

— Méfiez-vous !

— De quoi ?

— De ce qu'il traîne dans sa poche !

— Je ne me suis aperçu de rien.....

— Est-ce que vous lui offrez un abonnement à la *Bataille syndicaliste* ?

— Comment ?..... C'est impossible !.....

— Je vous l'affirme.

— Par quel moyen se procure-t-il cette feuille ?.....

— Tâchez de le savoir..... Peut-être ne se la *procure-t-il pas* et la *lui procure-t-on* ?

— Vous avez un soupçon ?

— Toutes les fois que je vois un brave homme faire une bonne action, je cherche le malfaiteur qui détournera le sens de son œuvre !

— Vous êtes pessimiste.

— Je connais l'humanité.

— Je connais la puissance de Dieu, et quand l'œuvre entreprise est une œuvre de christianisation, j'ai la confiance absolue que c'est Dieu qui aura le dernier mot !

— Vous êtes croyant et vous êtes crâne, vous, Jean. C'est bien. Vous ne mettez pas votre drapeau dans votre poche.

— Et vous, docteur ?

— Moi, je n'ai pas d'autre drapeau..... que celui du pays.

— Vous dites cela d'un ton de regret.

— Certes oui ! On marche derrière un drapeau. Et moi, depuis que je n'ai plus devant moi celui du régiment, qui me guidait là où il fallait que j'allasse, eh bien, je vais au hasard, canalisé par le devoir professionnel, c'est vrai, mais *rien* ne flotte assez haut devant mes yeux pour me donner l'impression de l'idéal. Je passe pour un sceptique, pour un homme qui mène rondement la vie, qui se conduit bien, large, généreux même..... Ce n'est pas moi qui le dis!

— Tous le disent de vous, interrompit Dorloy en souriant.

— Parfaitement, mais nul ne se doute que je ne vois rien devant moi, et que lorsque j'aurai laissé entre les mains des croque-morts cette guenille, d'ailleurs assez bien constituée, ma pauvre âme ne saura que faire d'elle ! Tenez, j'aimerais être carrément matérialiste. Plus rien. Finir dans le néant. Je l'ai cru, et je ne le crois plus. Je n'ai jamais saisi une âme sous mon scalpel, mais je n'ai jamais vu mourir quelqu'un sans qu'un souffle étrange, surnaturel, passât sur mon front. Et je ne puis nier l'immortalité de l'âme ! Jean, vous êtes sincère. La sincérité glisse devant moi quand je crois la rencontrer; comme l'onde devant les lèvres du symbolique Tantale, le personnage toujours actuel de l'antiquité. Dites-moi, Jean, croyez-vous la doctrine que vous professez?

— Oui, je la crois..... tout entière.

— Et votre vie en est la preuve! Parfois je me suis demandé quelle était votre mentalité, si le sacrifice de vous-même à une pluralité d'ingrats était dû à une force suprême d'abnégation ou à la passivité d'une nature dégénérée..... Je vous demande pardon! J'ai voulu vous voir très petit, et maintenant je vous vois très grand.....

— Docteur!.....

— Changez ma phrase. Dites que je trouve que vous servez une grande cause et que vous la servez hautement. Je vous ai raillé, la première fois que je vous ai vu entre vos deux vagabonds, dont j'avais, et non sans raison, fâcheuse opinion. Je vous ai blâmé en face, et en arrière je vous ai considéré comme un simple d'esprit.....

— Vous ne vous trompiez pas.

— Vous avez entrepris de résoudre un vaste problème, employant le chiffre le plus petit après l'unité. Et, tout en vous voyant encore loin du but, je reconnais que vous ouvrez une voie, non avec l'emballement provoqué par une idée généreuse, mais avec la prudence dictée par la raison. Vous êtes mon confrère, Jean. Vous administrez une dose de sérum moral à de jeunes chenapans qui sont devenus tels par suite de l'abandon et du mauvais exemple. Votre sérum à vous, c'est le travail contre les ravages de l'oisiveté, la foi en l'autre vie, récompense ou châtiment, opposée au nihilisme et au matérialisme. Vous utilisez au service du bien ces jeunes forces, qui s'essayaient à l'escrime du mal.

— Je suis fier que vous me compreniez ainsi.....

— Mais je vous étudie, et j'observe les résultats matériels, qui servent à mesurer les résultats moraux. Je vois ce que vous faites de ces terres perdues pour la culture.

— Ce que *nous* faisons. Je tiens à ce *nous*, car la solidarité que j'ai établie dès les premiers coups de pioche a été le levier d'Archimède.....

— Chaque fois que je viens à l'heure à laquelle vous êtes aux champs, je discute avec votre beau-père, et je dois avouer que sa défiance, en surexcitant mon esprit de contradiction, m'a totalement amené à vos idées. Moi aussi, j'ai défriché..... J'ai remué le sol pour en faire jaillir des arguments.

— Et ces arguments, si vous vouliez, vous, soldat et guérisseur, démontrer que les bras d'adolescents qui remuent la terre et creusent le sillon pour le geste auguste du semeur sont les mieux préparés à porter les armes et que ces jeunes gens, à la sortie du régiment, deviendraient les fondateurs du foyer élargi qui s'élèvera pour réparer les ruines du foyer désert. Vous l'avez dit tout à l'heure, c'est un travail d'hygiène, d'antisepsie. Etre le propagateur des idées qu'un pauvre garçon comme moi n'a pas le moyen de répandre, serait une forme de votre carrière et votre raison de vivre ?

— Qui sait ? Mais vous, n'oubliez pas que le renard tourne autour de votre poulailler. Evidemment, quelqu'un a fait parvenir la feuille en question à votre fauve humain.

Le docteur fut interrompu par l'arrivée de Pierre, qui accourait avec l'empressement de quelqu'un qui a hâte de transmettre une nouvelle importante.

Une nouvelle, hélas ! Jean était toujours sous le coup, non de l'imprévu d'une révélation, mais de la confirmation de ses craintes.

Il hâta le pas, devança Lestral, afin de pouvoir imposer silence à l'enfant ; mais celui-ci, gonflé de l'importance qu'il s'attribuait, lui échappa, et force fut à Jean de retourner sur ses pas.

Voilà ! Marthe avait bien ses secrets, elle, mais elle ne les disait pas, ce qui était très ennuyeux. Lui venait d'apprendre quelque chose et il le raconterait tout de suite, à tout le monde.

Quand il fut à portée de ses deux auditeurs, Pierre s'écria :

— En voilà une histoire! Mlle Miley s'en va! On la renvoie!

Les deux hommes répétèrent ensemble ces derniers mots.

— Oui..... On la renvoie..... Mais c'est vrai !..... pour de bon.....

— Qui t'a dit cela ? interrogea Dorloy presque avec violence.

— Polyphie, pour sûr! Elle revient de Vandreville!

— Un faux bruit, peut-être, murmura Jean, accablé.

— Pas du tout, c'est sûr ! Tout le monde en parle.....

— Cela ne prouve rien, déclara Lestral.

— Si, si, et on dit pourquoi !.....

Pierre tint ses auditeurs en haleine. Il n'était pas méchant et il ne se réjouissait nullement du départ de l'institutrice, mais il était si fier d'apprendre au docteur et au grand frère quelque chose qu'ils ignoraient.

— Dis ce que tu sais.

— Ah ! oui, vous y venez ! Eh bien, elle avait installé deux bonnes Sœurs chez elle.

— Je m'en doutais, prononça Olivier à mi-voix.

— C'est bien d'elle ! affirma Jean. Si elle a jugé accomplir son devoir en agissant ainsi, elle aura bravement accepté toutes les conséquences !.....

— Oui, elle a bien fait, mon ami Jean. Mais, en notre temps, bien faire coûte souvent cher, et la pauvre fille reste avec sa bonne action sur les bras.

Pierre, maintenant, baissait la tête. Il n'avait pas compris tout d'abord, il croyait conter quelque chose de nouveau, d'imprévu, d'étonnant. C'était un malheur qu'il avait annoncé.

Les mains derrière le dos, il restait entre le docteur et Jean, immobile et muet, suivant des yeux les évolutions d'une fourmi sur les cailloux. Elle ne trouvait rien à emporter dans sa fourmilière, la pauvre ! et l'enfant songeait :

— Mlle Miley n'aura plus d'argent, plus de pain, plus de maison, elle. La fourmi, au moins, retrouvera son abri. Les autres auront fait meilleure chasse et partageront avec elle. Qui partagera sa maison et son pain avec Mlle Miley ?

— Comment le fait s'est-il ébruité ? reprit Lestral. Vous vous en doutiez. Inutile de dire que vous n'avez pas parlé. Le curé et moi, pas davantage. Nulle personne de service n'est jamais appelée chez l'institutrice. La pauvre vieille est hors d'état de sortir. La sœur de Mlle Lisa a l'apparence de toutes les jeunes filles du même âge. Les enfants de l'école n'entrent jamais dans le petit appartement réservé.

— Les enfants de l'école !.....

Dorloy répétait ces mots. Sa lèvre tremblait. Une autre enfant y entrait.

— Marthe !

Pour son plus grand bien, la porte close avait été entrebâillée devant elle. Elle seule avait pu *voir*.....

Si elle eût fait quelque réflexion, c'eût été à son grand frère qu'elle les eût adressées. Jamais elle ne parlait à personne dans le bourg.

Brusquement, Dorloy porta la main à son front.

La fugue inexpliquée de Marthe, son obstiné silence, son désespoir, son effroi quand il avait prononcé le nom de l'institutrice, puis le calme revenu après son entretien avec Lisa, et le silence gardé par celle-ci sur sa conversation avec son élève, tous ces détails subitement envahissaient son esprit.

Cette tranquillité du pardon, c'était bien la marque de la charité chrétienne de Lisa, en face de l'offense et du repentir. Elle gardait pour elle les alarmes et les détresses...

Marthe avait été provoquée à donner des détails précis qu'elle n'avait pas plus songé à mentionner à Jean que celui-ci n'eût voulu les demander, donnant une perpétuelle leçon de discrétion, malgré l'intérêt qu'éprouvait pour lui tout ce qui concernait Lisa.

Marthe avait donc été attirée dans un guet-apens. Dans quel but ? Par qui ?

La réponse jaillit comme un éclair.

Par l'auteur de la lettre anonyme, par celui qui, après avoir déguisé son écriture, avait déguisé sa voix, le soir de l'incendie; par celui qui lui avait toujours été antipathique et dont il s'était méfié, mais qu'avant cet instant il n'eût jamais soupçonné d'une pareille infamie.

L'instrument de cette infamie, l'instrument inconscient, c'était sa propre sœur.....

Lisa, dans son abnégation, avait voulu l'épargner. Elle s'était efforcée de sourire pour le rassurer et lui avait dit :

— Ce n'est rien, c'est un chagrin d'enfant !.....

Un chagrin d'enfant ! Comme c'était vrai !

Le souffle consolateur du pardon était passé sur ce front de dix ans, et l'oubli était venu vite, dans la puérile insouciance qui ne prolonge pas le remords au delà des conséquences immédiates de la faute.

Ainsi, en acceptant l'offre de Lisa d'envoyer la pauvre fillette, livrée tout le jour à elle-même, apprendre à travailler chez elle et recevoir quelque instruction supplémentaire, avait amené pour la jeune institutrice l'effondrement, la misère.....

La justice, qui l'avait conduit à reporter sur la nature même des choses les fautes de Loup et de Blaise et à les appeler sur le chemin de la réparation le menait à absoudre le petit être qui avait fait tant de mal sous une pression encore inexpliquée.....

Lestral considérait Dorloy en silence. Puis enfin, se tournant vers Pierre :

— Va jouer..... ou travailler, ce qui vaudra mieux. Laisse-nous.

L'enfant ne demandait qu'à s'échapper, l'effet qu'il avait obtenu dépassant de beaucoup ce qu'il en avait attendu.

Le docteur posa la main sur l'épaule du jeune homme et se pencha bien en face de ce visage franc et loyal sur lequel se reflétait une intensité de souffrance.

— Mon ami Jean, prononça-t-il, puis-je faire quelque chose pour vous ?

Le cœur de Jean éclata :

— Oui, aidez-la.

— Plutôt que de vous aider vous-même ?.....

— Vous m'aiderez mieux.....

— Je vous le promets ! C'est aux honnêtes gens de réparer le mal causé par..... les autres. Qui m'eût dit il y a six mois que je ferais campagne pour le cléricalisme ?

— Le mot seul existe, un mot d'adversaire..... *Nous sommes* des chrétiens ! Vous l'êtes autant que nous, sans vous en douter. Il y a plus de joie dans le ciel pour le retour de la brebis perdue que pour la rentrée au bercail des quatre-vingt-dix-neuf autres. Vous êtes loyal, vous êtes bon, vous serez toujours du côté des persécutés et des faibles. Vous professez donc la pure doctrine du Christ. Vous n'avez pas assez regardé de l'autre côté de la barrière, sans cela vous l'eussiez défoncée depuis longtemps pour nous rejoindre.

— Certains doutes flottaient en moi. Il y a des choses que je ne comprends ni n'admets.....

— Docteur, n'en avez-vous pas admis pendant le cours de votre existence qui étaient plus difficiles à croire ? Vous niiez l'Evangile et vous croyiez à des promesses humaines dont la fausseté vous est dévoilée tous les jours. Le Christ a promis que la croix dominerait le monde, il y a de cela deux mille ans. Elle le domine toujours !

— Je ne discute pas, mon ami Jean. Je connais mes défauts. Je n'en ai pas fini avec mon esprit de contradiction !

Laissez-moi le tourner vers le service de la bonne cause. En l'employant contre la mauvaise, il faut user encore de ménagements avec la sotte chose qu'est mon amour-propre. Avant tout, je vérifierai l'exactitude du récit de Pierre, et dès que j'aurai vu Boisseal je me rendrai chez Mlle Miley. Tout ce que je pourrai faire, je le ferai.....

XXI

Une lettre de Paris ! Une de ces enveloppes larges et jaunâtres qui évoquent l'impression désagréable d'une facture en retard.

Darloy la déchira avec une rapidité qui tenait de la violence et lut :

Monsieur, nous enregistrons votre promesse *ferme*, à condition que vous nous restituerez la somme volée dans le délai de deux mois. Nous retirons donc notre plainte, en regrettant que vous n'ayez pas agi plus tôt, ce qui eût évité, à vous et à nous, des ennuis de toutes sortes.

Nous vous saluons. X.

Après le soulagement immédiat et si court, ce fut le réalisme cruel du mot qui fouailla Jean : volé..... Il l'avait entendu, ce mot, il l'avait retourné dans sa pensée..... Il ne l'avait pas encore vu écrit !.....

Puis vint l'inutile torture causée par un autre trait de plume : « Nous regrettons que vous n'ayez pas agi plus tôt. »

Le cri des lendemains que jette tout être endolori, oubliant, en face du malheur immédiat qui le frappe, que la veille il ne pouvait prévoir le fait d'aujourd'hui.

Mais la nature ferme, équilibrée de Jean saisit toute l'absurdité du regret stérile.

Pouvait-il agir plus tôt, lui qui avait tout ignoré ?

Mais il n'avait pas envisagé toutes les difficultés qui séparaient la promesse de la réalisation ; il les avait entrevues depuis peu à peu, et maintenant que la date était fixée, c'était la muraille élevée qui se dressait devant lui, et s'il ne parvenait pas à la franchir, la honte de sa forfaiture s'ajouterait à la honte du vol.....

Il avait un délai de deux mois pour restituer la somme qu'il n'avait pas prise.

Pour la trouver, cette somme, il lui fallait obtenir la signature de Boisseul..... Et alors, après tant de ménagements, lui dire la vérité ? Porter le coup jusque-là évité ?

Et Marc ? Disqualifié, vagabond, conduit peut-être de faute en faute jusqu'à la déchéance totale ?

Comment le retrouver, le rappeler à la réhabilitation ? Quelles luttes nouvelles s'ajoutaient au combat déjà engagé ? Il fallait agir, et il avait les mains liées.....

Mais la force intérieure communiquée par la foi triompherait des difficultés extérieures.

Le secret dont il espérait entourer la faute de son frère lui interdisait de prendre aucun avis. Le curé, il en était persuadé, ignorait autant que lui quelles démarches étaient nécessaires.

Assuré de la discrétion du docteur, il l'était, mais il ne voulait pas qu'un jour Boisseul et Marc eussent à rougir devant celui-ci.....

Il pria..... Son grand secours..... Et, se relevant plus affermi, écrivit à la Préfecture de police pour demander avec instance que des recherches fussent faites de tous côtés.

Se rendre à Paris était impossible dans les circonstances présentes. Il ne pouvait abandonner son poste de gardien et de travailleur.

Sa lettre mise à la poste, il revint prendre ses instruments de labeur.

Blaise, qui l'avait observé, se tourna vers Loup :

— Il y a des choses qui ne vont pas, dit-il en désignant Dorloy.

— Chacun trime à son tour.

— Il trime autant que nous.....

— Possible, mais il est le patron !

— Tu as mauvaise figure, frérot..... Tu ne parlais pas « si rude » ces jours-ci. Quelque chose t'a changé..... Tiens ! qu'est-ce qui sort de ta poche ? La paperasse que cet homme qui venait rôder au bord du chemin t'a lancée autour d'un caillou ? Tu as de l'estomac de garder ça.....

— C'était pour me faire ouvrir l'œil qu'il m'en a fait cadeau.

C'est pas un méchant type, au contraire..... Un soir, pendant que tu ronflais, j'ai sauté la haie et j'ai été le voir.....

— Tiens !..... Mais.... Et pourquoi ?

— Pour trinquer..... J'ai toujours aimé cela.....

— Oui, malheureusement !.....

— Je n'y suis pas retourné, à cause de tes fièvres, le soir.

Des larmes vinrent aux yeux de Blaise.

— Il y a des jours où tu vaux mieux qu'on ne croit..... C'est égal, moi je n'aime pas ce type-là qui vient se ballader quand les autres travaillent, qui jette des journaux et lance de drôles de paroles..... Méfie-toi..... S'il t'a fait boire, mon pauvre vieux, c'est pas pour ton bien..... Voyons ce que c'est que le papier ?

Loup, après s'être assuré que Jean tournait la tête, déplia la feuille. Le vent léger qui soufflait la secoua dans sa main et lui fit lâcher prise ; avant que Blaise eût pu saisir le papier il voletait sur les sillons en les effleurant.

Les deux frères couraient à qui mieux mieux, mais Jean s'était redressé et les interrogeait. Ils s'arrêtèrent, confus.

— Qu'est-ce qu'il y a ?

La voix était calme, bienveillante, comme toujours, et pourtant les effara.

Un nouveau coup de vent jeta sur le pied de Dorloy le journal anarchiste. Il le ramassa et lut le titre.

Il avait un peu oublié la première partie de sa conversation avec le docteur. Elle lui revint à la mémoire, brusquement.

— D'où cela vient-il ?

Il interrogeait les deux jeunes gens à la fois.

Nulle réponse.

Enfin Loup fronda :

— Ça vient de ma poche. Le frérot a voulu lire..... Le vent a fait le reste.....

Certes, le ton était déplaisant, agressif, mais Jean le préférait tel, accompagnant l'aveu, à la voix hypocrite qui eût exprimé le mensonge.

— Vous voulez savoir qu'est-ce qui me l'a passé, bourgeois ? Ça vous étonne....., puisque je suis parqué chez vous..... Eh bien, vous ne le saurez pas !.....

Jean soutint la lueur farouche, haineuse, qui passait dans les yeux de Loup, mais sa poitrine se serra douloureusement.

L'œuvre commencée, l'œuvre d'espérance qui avait impressionné Olivier Lestral au point de provoquer en lui un cri d'appel à la foi catholique, l'œuvre encore à ses débuts s'effondrait-elle par suite d'une misérable intrigue ?

Dans l'espace d'une seconde, un découragement tout humain saisit et retourna cette âme de bonne volonté et la tortura d'une agonie de doute. Mais bientôt la lueur triomphante de la foi éclaira les ténèbres, l'inspiration jaillit.

Jean tendit la main à Loup, stupéfié :

— Tu es un brave cœur, dit-il, puisque tu te refuses à la délation. Je ne t'aurais jamais demandé le nom de celui qui a tenté de pénétrer jusqu'à toi, malgré ma surveillance.

— Ah ! par exemple !..... Non..... Eh bien..... je ne m'y attendais pas, à celle-là !

Les mots sans suite tombaient des lèvres du mauvais larron sans qu'il parvînt à en former une phrase. Ses doigts tremblèrent dans la main de Jean.

L'expression de ce visage féroce et gouailleur se transformait.

— Pour le coup, ça y est, cria soudain Loup. Je vous crois ! Pas de raison pour ne pas vous croire, vous ne dites que la vérité. Alors si vous dites que je suis un brave cœur, c'est que c'est vrai..... Et pourquoi pas, après tout ? Et ce que vous nous racontez vaut mieux que les histoires qu'on lit là-dedans et qui font tourner la tête..... Eh bien, à présent, voyez-vous, j'ai mon compte..... Ça te rassure, frérot ! Je ne le quitterai pas, ni toi non plus ! Vivent les braves cœurs..... puisque j'en suis !.....

XXII

— Docteur, vous êtes très changé, très !

— Vraiment, chère Madame. Et en quoi ?

— Vous étiez aimable, autrefois.

— Et maintenant, je ne le suis plus ?

— Moins.....

— Que suis-je encore ? Ou que ne suis-je plus ?.....

— Vous étiez gai.....

— C'est mon droit d'homme libre de ne plus l'être, si je n'ai aucune raison pour cela.

— En franchissant la porte, vous faisiez entrer la santé.

— Mon entrée vous a-t-elle coûté la vie ? Non. Vous êtes resplendissante. De quoi vous plaignez-vous ?

— Je l'ai dit. De vous, de toute votre attitude, de votre sérieux, de votre air absorbé.

— Je puis avoir des raisons pour cela.

— Vous pensez toujours à vos projets au sujet de votre élection de conseiller général dont vous parliez l'année dernière ?

— Moi ? Oh ! plus du tout !

— Vous savez bien que, malgré nos divergences de vues, d'opinions, nous aurions soutenu votre candidature.....

— Et vous auriez eu tort. Mais oui, absolument.

— Quel singulier homme vous êtes ! Expliquez.....

— Aucun sentiment ne peut forcer la conscience.....

— Oh ! je n'aime pas les grands mots ! Cher docteur....., la conscience, c'est très beau, la conscience ! Seulement, parlez donc de conscience aux gens d'aujourd'hui !

— Soutiendrez-vous qu'ils n'en ont plus ?

— Si peu.....

— Justement ! Alors, qu'ils refassent la leur ! Quand un médecin diagnostique l'anémie, son devoir est de reconstituer les globules du sang.

— Est-ce vous, un incroyant, un libre-penseur, qui allez me prêcher la religion que je n'ai jamais cessé de professer hautement ?

— D'abord, je n'ai jamais été un incroyant, mais un « égaré ». Mon intelligence a toujours conçu la divinité. Libre-penseur ? Oui, jusqu'au jour où j'ai reconnu que les libres-penseurs interdisaient aux autres le droit de penser librement.....

— Alors ?.....

— Alors, je suis redevenu catholique, c'est tout simple.....

— Tant mieux ! Nous nous retrouvons sur la même route.

— J'espère que nous marcherons à la même allure.....

— J'y compte..... Mais je vous préviens qu'ayant perdu beaucoup de temps je veux marcher très vite.....

— C'est ce que je fais.....

— Ah !..... Voyons cela ?.....

— Venez à Paris dans trois semaines, vous constaterez que l'activité des abeilles n'est rien à côté de la mienne.

— Nous sommes de trop vieux amis pour que je ne vous dise pas le fond de ma pensée.

— Si vous y tenez absolument ! Je me méfie du fond de votre pensée.....

— Eh bien, nous allons faire tous les deux notre examen de conscience !

— Oh !

— Oh ! je le ferai pour vous en même temps que pour moi. J'ai déjà commencé. Je me suis attardé sur la route du bien. J'ai voulu être un philanthrope et j'ai soigné gratuitement mes malades..... Mais dans un but personnel et très humain. Je ne levais pas les yeux beaucoup plus haut que la cimaise d'un mur. J'y voyais en imagination des affiches de toutes couleurs ; mon nom s'y étalait en grandes lettres..... Vous voyez que je me confesse avec sincérité. Puis, après cette muette contemplation, j'ai regardé autour de moi. Et j'ai entrevu deux hommes près desquels souvent j'étais passé, indifférent..... Alors j'ai compris qu'ils faisaient beaucoup plus de bien que je n'en faisais. J'ai renoncé à poser ma candidature et je vais les seconder, tout simplement.

— Et ma confession à moi ? Vous ne la faites pas ! Vous me l'aviez annoncée !

— Si vous la faisiez vous-même ?

— C'est que je ne trouve absolument rien à me reprocher !

— Chère Madame, vous m'étonnez. Cherchons ensemble. Vous avez un excellent mari.....

— Est-ce un péché ?

— Je vous trouve très coupable envers lui.

— Oh ! par exemple !

— Vous le forcez à retourner à Paris à l'époque où tous ses intérêts sont en jeu, où la nature opère ses miracles de résurrection sur les terres qu'il possède.....

— Mais c'est justement l'époque à laquelle il est chic de rentrer à Paris ! On passe l'hiver à la campagne, à cause des battues, des chasses à courre, surtout.

— Mais il n'y a jamais eu de chasses à courre dans ce pays-ci, même à dix lieues à la ronde !

— Qu'importe ! On est *censé* y assister.

— Vous m'ahurissez..... Passons, je vous accorde les chasses à courre imaginaires..... C'est l'enlèvement de votre mari à ses devoirs de propriétaire terrien que je ne vous pardonne pas !

— Justement ! Sans moi, il aurait une âme de rural !

— Il aurait raison, et vous avez tort de la lui enlever.

— Quel sauvage vous faites ! Mais au printemps Paris renaît, lui aussi, Paris chante, Paris est en fête. Les expositions, les thés, les réunions, les théâtres, les nouveautés de toutes sortes, les marronniers en fleurs.....

— Ah ! je vous arrête ! Il y a des marronniers en fleurs partout, même à la campagne !

— C'est aussi à ce moment-là que je m'occupe de mes œuvres.

— Vos œuvres ? Vous avez fondé des œuvres ?

— Je n'ai pas cette prétention.....

— Vous avez tort !

— Vous voulez que je fonde des œuvres, moi ? Mais vous êtes étonnant.....

— Je ne vous demande pas d'en fonder un grand nombre. Je vous demande de regarder autour de vous. La première œuvre est de laisser votre mari accomplir la sienne. Supposez que je sois marié. Que penseriez-vous de moi si ma femme m'entraînait loin du chevet d'un de mes malades pour que je la conduise au bal ?

— ! ! !

— La terre, aujourd'hui, est la grande malade. Elle vous réclame, vous et votre mari. A Paris, d'autres femmes feront ce que vous pourriez faire ; ici, vous n'avez pas de remplaçantes.

— Que voulez-vous donc faire de moi ?

— La femme qui accomplit ici même le devoir du temps présent.

— Cher docteur, vous perdez l'esprit !..... Puisque vous affirmez votre conversion, pourquoi prenez-vous la place du curé ?

— Madame, parce que je veux lui épargner un échec froissant pour son ministère. Je vous assure que ce que vous appelez « ma conversion » date du jour où j'ai vu ce vieillard, dont le caractère est rendu plus sacré, s'il se peut, par l'âge et la pauvreté, reçu ici comme un indifférent, comme un gêneur, j'ose le dire, et j'ai résolu de lui épargner l'épreuve de venir de nouveau vous tendre la main.

— Oh ! docteur, vous quêtez, vous aussi ? Établissez-vous un dispensaire, un sanatorium !

— Je n'y pensais pas. À vous le mérite d'en avoir fait surgir l'idée ; je vous promets de vous prendre comme infirmière..... après examen.

— Moi qui ne peux pas voir perler une goutte de sang au bout du doigt, même du doigt d'autrui !

— Aussi nous commencerons par vous mettre à la cuisine ou à la lingerie ! Ne protestez pas ! Je suis un néophyte, quoique déjà vieux ! et, certes, je ne crois pas faire de mauvaise théologie, si ignorant que je sois encore, en vous disant qu'il faut parfois quitter une bonne œuvre pour une meilleure. Laissez-moi parler très franchement : Votre mari, vous et moi avons atteint l'âge auquel doivent dominer le calme et la raison. Vous n'avez pas d'enfants ! vous n'en avez que plus de devoirs à remplir envers l'humanité ! Le comte a toujours cédé devant vos désirs, cédez maintenant devant ses aspirations ! Le pauvre pasteur s'épuise à conjurer la ruine de son église et à quêter le pain des indigents..... Une charge nouvelle l'accable..... Je comprends le sens du regard que vous me lancez, il signifie : cette charge, vous la faites passer à mon actif ! Parfaitement, Madame..... et si c'est moi qui porte la parole, c'est qu'à moi, simple laïque, vous pouvez dire « non ! »..... Eh bien ! ce « non », vous [illegible] près de vous, refuserez-vous d'y être associée ?.....

— Dites.....

— A peine connaissez-vous l'institutrice communale.

— La laïque ?.....

— Oui, la laïque !..... Une chrétienne fervente, dont les circonstances ont fait la préservatrice de petites âmes qui n'eussent connu que la morale sans Dieu !

— Vous parlez de morale sans Dieu comme d'un danger pour l'enfance ! Je vous avais entendu dire que la morale, tout court, formait les générations les plus vaillantes.

— La morale vraie n'a pas changé..... je me suis transformé, voilà tout. Eh bien ! Mlle Mifey s'est donc placée entre les enfants qui lui étaient confiées et le courant de déchristianisation de l'école athée. L'administration paraissait en sommeil, mais les circonstances se sont tout à coup modifiées. L'institutrice a recueilli une pauvre vieille religieuse expulsée, sans ressources, sans famille, et qui l'avait élevée..... cela sans porter le moindre préjudice à la loi de neutralité..... Lisa Miley vient d'être destituée.....

— C'est fort intéressant ! Je vous promets de m'occuper d'elle, docteur, dès que je serai rentrée à Paris ! J'irai moi-même au siège des œuvres et.....

— Non, Madame, restez ici ! au lieu d'aller (et je loue celles qui le font), non pas, hélas ! renverser le veau d'or, mais lui enlever une parcelle de sa chair de métal. Organisez l'école libre pour les petits enfants qui ne trouveront plus, entre les quatre murs de la bâtisse scolaire, le souffle de moralité chrétienne, préservé avec tant de peine et de risque !..... Fondez l'école ménagère et agricole, qui s'impose aujourd'hui, où sonne le tocsin de la faillite nationale ! Les bras qui abandonnent la terre, la désertion du foyer ! Les secours ne seront jamais ni assez rapides ni assez nombreux !.....

Eh ! Madame, croyiez-vous que j'étais un être insoucieux de toutes les grandes questions vitales qui intéressent mon pays et la société ? Non, je les étudiais pendant mes heures de solitude, je les considérais de loin, en spectateur intéressé. A présent, elles sont devenues, pour moi, immédiates et palpables.....

— Et comment ?

— J'étais lassé de la vie que je menais, dans laquelle il n'entrait que des ambitions et point d'idéal ; je supportais mal d'être déçu dans ma carrière. J'ai cherché le repos. Je me suis épris de campagne et d'air pur, épris d'altruisme, et, néanmoins, je ne jouissais de rien..... Le vide que je croyais combler restait le même ; je sentais n'avoir d'autre lendemain que le néant, et j'en appelais aux époques lointaines où, tout enfant, je joignais les mains dans une église. Parfois j'y étais entré en pleurant, et toujours mes larmes s'y étaient séchées.

Il y a peu de mois, je me suis trouvé au chevet d'un vieillard mourant, et je tentais l'impossible pour prolonger sa vie. Il avait juré que jamais un prêtre ne passerait le seuil de sa demeure. Le curé est venu. Sans chercher à forcer la porte, sans gestes, sans paroles presque. Peut-être un imperceptible signe de croix le précédait-il. Mon malade n'a pas protesté, il m'a regardé en murmurant :

— Allez-vous-en, Monsieur le docteur ! vous ne pouvez plus

rien pour moi ! Restez, Monsieur le Curé..... essayons toujours !

Et la mort est venue, douce, clémente, pendant que le vieux, qui avait cessé de croire, recevait l'Extrême-Onction..... pour essayer..... Très doucement, il a rendu son âme avec de la paix plein les yeux !

— Mais ce que vous me racontez n'est pas un fait très rare !

— Je ne l'avais pas encore vu se produire en de semblables conditions, avec ce glissement si naturel, simple comme les récits évangéliques que j'ai relus le soir même dans un livre qui avait appartenu à ma grand'mère.

— Ceci vous a conduit à croire à la vie future, mais n'explique pas votre vocation apostolique..... imprévue.

— Je vous interromps ! pardonnez !..... Depuis, j'ai observé davantage ce qui se passait autour de moi..... Mon existence en côtoyait deux autres dont je ne saisissais ni l'orientation ni les mobiles..... J'ai cherché d'où venaient ces dévouements qui dépassaient le strict devoir obligeant les êtres à s'aider les uns les autres..... J'ai vu un homme et une femme, jeunes tous deux, pouvant, comme tant d'autres, « vivre leur vie » ! Je les ai vus, accablés de fardeaux, ne reculant point devant des fardeaux plus lourds encore !..... Je me suis demandé d'où venaient leur force d'âme et leur sérénité, qui n'étaient pas du stoïcisme..... J'ai trouvé la réponse : l'Idéal divin ! Ils ont eu la force de lutter et Dieu leur donnera la force de vaincre, car leurs épreuves ne sont pas terminées..... Moi, je marchais dans les ténèbres.

— Docteur ! à mon tour, je vous interromps..... Je marchais dans la lumière ! et j'étais fort loin des idées que vous émettez !

— Vous marchiez dans la lumière, chère Madame ! Seulement vous y marchiez les yeux fermés ! Ouvrez-les ! Déliez les mains généreuses que vous liez, donnez des armes à ces soldats, des instruments à ces travailleurs !

Un long silence suivit ces derniers mots.

Lestral maintenant était debout, en face de la glace sans tain qui surmontait la cheminée, et regardait au dehors. Dans la percée, tout au fond, à l'orée des bois, au bord des champs, une silhouette à demi ployée se profilait sur la pourpre du couchant.

Darbeillan se penchait vers la terre, comme s'il eût voulu lui dire adieu, l'adieu qu'il fallait renouveler à chaque printemps à l'heure des éclosions et des joies de vivre tout près de la nature.

— Regardez votre mari, Madame, prononça le docteur.

La comtesse s'approcha de la glace.

Jusqu'ici, la résistance passive dont elle avait toujours triomphé l'avait exaspérée contre cet homme trop faible tout en provoquant chez elle un remords latent..... A présent, cette résistance lui apparaissait sous la forme du sacrifice..... mais un sacrifice sans mérite, stérile, parce qu'il avait pour conséquence le renoncement au devoir !

Elle avait fait souffrir celui auquel, depuis tant d'années, elle était unie. Elle avait opposé ses goûts, ses plaisirs, ses caprices, à cette conscience endolorie, mais incapable de réagir.

Brusquement, la comtesse se retourna vers Lestral.

— Vous avez raison ! dit-elle, je marchais dans la lumière..... mais en fermant les yeux. Comptez sur nous !

XXIII

L'aube commençait à blanchir les collines. Dorloy se vêtait en hâte pour arriver le premier aux champs, lorsque Polyphie cria derrière la porte :

— Monsieur Jean ! Quelqu'un est entré dans la maison, et ne veut pas partir..... J'ai peur ! Venez vite !

Jean sortit aussitôt. Un homme était adossé au mur ; une barbe longue, bizarre, couvrait tout le bas du visage.

Tremblant, parce qu'il reconnaissait cet intrus, Dorloy s'approcha, et, le saisissant aux épaules, se pencha vers lui.

Une voix éteinte murmura :

— C'est moi..... je me cache..... Tu ne sais pas ?

L'être défaillait, comme le son qui passait entre les lèvres abattues.

— Je sais tout ! affirma Jean. Viens.....

Il entraîna Marc dans sa chambre, et, d'un geste rapide, enleva la fausse barbe qui masquait le bas du visage..... un visage creusé de miséreux effaré..... un regard implorant de bête traquée.

Une immense compassion envahit le cœur du frère aîné, mais une joie y passait aussi.

Il considérait, non plus la déchéance qui avait conduit à la faute, mais le repentir qui *expiait* la faute! Le repentir perçait dans le regard, dans la souffrance, dans le geste à demi ébauché.

Marc, affaissé sous le fardeau de son déshonneur, prenait dans l'esprit de Jean une place plus haute et plus large que n'avait tenue le jeune homme de bonne mine, à l'allure dégagée.

Doucement, Dorloy lui dit :

— Assieds-toi..... sois calme !.....

— *Ils* peuvent arriver ici !..... Où aller ?..... Pourquoi suis-je venu ?.....

L'esprit troublé de Marc ne réalisait plus l'instinct qui l'avait conduit à trouver un refuge sous le toit paternel !

— Jean ! tu as dit que tu savais tout..... que j'avais.....

— Dérobé dix mille francs dans la caisse de ton patron..... Les gendarmes sont venus perquisitionner ici..... Tu es bien coupable, mais tu es bien malheureux !

— Mon père ?.....

— Il ignore quel était celui que l'on cherchait.

— Ah !

Ce « ah ! » exprimait un soulagement dou[illegible] craintif.

— Es-tu revenu une première fois à Vandreville ?

— Non !

Dorloy passa la main sur son front, comme pour éloigner le terrible souvenir de l'incendie du poste, de la fuite éperdue de ce vagabond que nul n'avait pu reconnaître..... et une prière monta de son cœur, implorant Dieu pour *cet autre* et pour les siens.

— Où étais-tu ?

— Après avoir tout dépensé et payé des créanciers qui m'affolaient..... gaspillé le reste, j'ai vu que j'allais être découvert, j'ai fui en Belgique..... Pas de papiers !..... On refusait de m'employer ; on se méfiait ! Avec mes derniers sous, j'ai acheté cette barbe, échangé mes vêtements. J'ai cru pouvoir rentrer en France..... J'ai erré de tous côtés. La misère m'affolait. J'ai pensé que tu me donnerais du pain..... Je ne songeais plus qu'à manger et à dormir dans un coin, où je serais en sûreté..... à la maison !

Affaissé sur son siège, la tête dans ses mains, Marc ne pouvait plus articuler un mot.

Jean le considéra pendant quelques secondes, puis, à son tour, il parla, laissant tomber avec lenteur les mots rassurants, comme on fait tomber, goutte à goutte, le lait entre les lèvres d'un rescapé, après un long jeûne.

Dorloy redoutait une trop forte secousse s'il annonçait l'immédiate libération ; il redoutait aussi l'oubli trop prompt de la faute, et, sagement, il voulait contre-balancer le pardon par le rachat.

Marc écoutait, l'œil trouble, s'efforçant de croire, doutant encore.....

— Et tu as pu épargner mon père ?

Le coupable ressentait donc enfin, à travers sa souffrance et sa honte, la souffrance et la honte paternelles !

— Oui..... je te le répète !

— Je ne le verrai pas tout de suite ?

— Tu le verras quand tu seras un peu remis.

— Mais..... que lui dirai-je ?

— Que tu t'es rendu à son désir en revenant aux Herbines ! Repose-toi !..... Je vais t'apporter quelque nourriture, ensuite, tu changeras de vêtements.....

— Je n'en ai pas !

— Tu reprendras ceux qu'Hilaire et toi m'aviez laissés.

— Que répondrai-je aux interrogations de mon père ?

— Je te l'ai dit : « Je viens reprendre ma place près de vous ! Je suis las de Paris. »

— Le travail sera dur !

Le vieil homme reparaissait.

— Il te sera léger, mon ami, s'il t'aide à t'acquitter !

Jean sortit, et revint avec deux assiettes chargées de pain, de beurre et d'une tasse de lait.

Marc se souleva avec une exclamation ! Le cri rauque de l'animal affamé devant sa proie, puis, les dents entre-choquées, il balbutia :

— Voilà plus de vingt-quatre heures que je n'ai mangé !

Dorloy le laissa et sortit de la chambre, afin de préparer chacun au retour du transfuge.

— M. Marc nous a fait une surprise ! dit-il en passant près de la cuisine..... Vous ne l'avez pas reconnu tout d'abord, avec cette grande barbe ?

— J'ai bien eu un soupçon ! répliqua Polyphile.

Jean tressaillit à ce dernier mot, mais il reprit avec tranquillité :

— Vous l'aviez deviné ?..... Cela ne m'étonne pas de vous !

Flattée de cet hommage à sa perspicacité, la vieille servante ajouta :

— Monsieur sera content !

— Oui ! mais ne lui dites rien ni à lui ni aux enfants. Je voudrais que la surprise fût complète.

Dorloy sortit en jetant un regard anxieux vers les persiennes closes des fenêtres de Boisseul, puis il se rendit aux champs et mit les travaux en train.

— Nous allons avoir un nouveau compagnon, dit-il à Loup et à Blaise.

— Pas pour nous remplacer, au moins ?

Les exclamations identiques se croisèrent.

— Non ! pour multiplier les bras..... et les récoltes.

— Il n'est pas farouche, le nouveau ?

— C'est mon frère ! répondit simplement Jean.

— Alors, ça va ! quoiqu'y ait des frérots qui valent mieux les uns que les autres !

Le regard de l'ancien « mauvais larron » se dirigeait affectueux vers Blaise.

. . . .

En rentrant dans sa chambre, Dorloy trouva Marc débarrassé de la poussière dont il était couvert et portant les vêtements d'autrefois qu'il avait abandonnés.....

S'il n'avait été si pâle, si amaigri, Jean l'eût retrouvé tel qu'avant le départ fatal.

— Viens ! dit-il.

— Tu lui as appris mon retour ? demanda Marc le front plissé, les doigts fébriles, n'osant plus, maintenant que l'entrevue était si proche, articuler le nom qui passait sur ses lèvres.

— J'ai réfléchi..... C'eût été multiplier des questions redoutables. Je ne puis me placer entre le père et le fils !

Un aveu spontané jaillit :

— Oh ! dit Marc, tu as été bien plus son fils que moi !

. . . .

Dorloy jeta la porte toute grande ouverte sans répondre, et, s'adressant à Boisseul :

— Vous nous pardonnerez de vous avoir fait une surprise, dit-il ; Marc revient au milieu de nous !

Les mains aux appuis de son fauteuil, Lambert se souleva, puis, à la vue de Marc, maigre et pâle, immobilisé sur le seuil, il retomba en arrière, les membres contractés.

Devant le retour inopiné du déserteur, le vieux terrien se ramassait sur lui-même, non plus menaçant, tel le solitaire portant ses défenses en avant, mais rapetissé, comme s'il eût voulu se dérober devant quelque terrible révélation.

Tous trois demeuraient à la même place, comme frappés de la foudre, sans qu'un élan les poussât les uns vers les autres, sans qu'un son s'échappât de leurs bouches.

Soudain, Lambert sursauta, comme mû par une secousse électrique, et il cria, la voix rauque :

— Tu as fait de nouvelles dettes ?.....

Marc chancela, très pâle.

— Tu reviens donc ici pour que je te chasse, malheureux !

Le visage se convulsait.

Jean passa entre le père et le fils.

Il s'était justement révolté, quelques semaines plus tôt, contre les soupçons dont Boisseul l'avait fouaillé.

Cette fois, il se plaçait au-devant du désespoir, de la colère paternelle, et protégeait le repentir filial.....

— Mon père, dit-il, j'ai manqué de vigilance, moi, le gardien des intérêts de tous ! Marc vient m'aider à réparer le mal. Je ne veux pas provoquer chez vous une seconde émotion, c'est pourquoi je vous supplie, tandis que votre cœur bat encore avec violence, que votre main tremble d'émotion, de signer..... un emprunt de..... un emprunt sur vos terres..... dix mille francs.

Lambert, à demi-suffoqué, avait levé les bras pour maudire, car il était trop loin pour frapper.

— Va-t'en, misérable ! cria-t-il lorsqu'il eut pu respirer de nouveau..... Ne reparais jamais ici..... Je te l'ordonne !

Jean hors de la maison, l'ultime effondrement, le naufrage au port ! tout l'édifice croulant !

Marc réalisa cette générosité qui se sacrifie pour épargner à un vieillard ce qu'il y a de plus sensible au cœur de l'homme..... le déshonneur d'un fils ! Il ne pouvait pas l'accepter !

Il se jeta en avant :

— Non ! clama-t-il, c'est moi qui suis le coupable ! C'est lui qui me sauve !.....

Jean l'avait saisi à bras-le-corps..... Il fallait épargner la totalité de l'aveu qui débordait du repentir et qui allait mortellement blesser ce rude honnête homme.

— C'est moi qui ai.....

La main de Jean broyait celle de Marc, qui atténua :

— Je dois dix mille francs, mon père ! Cette perte sera réparée, je vous le promets.....

Les sourcils froncés rapetissaient les yeux sombres, creux....., les cils voilaient l'iris ; le visage de Boisseul semblait prêt pour la fin dernière.....

Jean s'approcha, tout doucement :

— *Ne craignez rien*, mon père, murmura-t-il, nous sommes unis désormais dans une vie de labeur qui rachètera tout ! *Croyez seulement* en celui qui pardonne les fautes et donne la force aux âmes de bonne volonté, dont vous êtes !.....

La tête se releva, et, entre les paupières écartées, un regard filtra, regard anxieux de doute ; mais à la pression des doigts qui serraient les siens, Jean avait compris que ce démenti allait à l'incrédulité passée.

L'heure de Dieu était proche.

Dorloy passa son bras sous celui de Marc et l'entraîna hors de la chambre.

— Laissons-le se reposer et penser seul ! dit-il.

Marc, les yeux fixés au sol, cherchait en vain à rendre le sentiment d'admiration qui l'envahissait pour ce frère si souvent dédaigné, et qui se révélait si grand. Nulle expression ne venait à ses lèvres, habituées aux gouailleries mordantes !

Très simplement, comme s'il eût continué l'entretien, Jean reprit :

— Nous pourrons écrire à Hilaire, il nous aidera.

— Oh ! pas toi ! s'écria Marc, se rappelant les humiliations que « l'Américain » avait si souvent infligées à « l'intrus ». Tu en as assez fait pour moi !.....

— Déjà je me suis adressé à lui, j'ai été repoussé, mais, cette fois, il cédera ! Il consentira à un arrangement ! Je lui dirai ce que je n'osais lui dire, lorsque j'étais le solliciteur unique, celui qui quémande pour se procurer de nouveaux plaisirs.....

Je lui dirai qu'il a été le premier transfuge, lui, l'aîné, qui me devait l'exemple ! et que, s'il a été plus fort, plus énergique, moi, je suis revenu le premier !

. . . .

Des mois se sont écoulés. Le clos des Tilleuls est devenu une ruche bourdonnante.

Dans un des pavillons, Lisa est installée, directrice de l'école libre primaire et agricole, où la plupart de ses élèves l'ont suivie, et Lucie dirige l'école ménagère. Dans le petit appartement du rez-de-chaussée, qu'occupe la Sœur Rose, enfants et jeunes filles se réunissent chaque dimanche, et la douce voix chevrotante se raffermit pour commenter l'Evangile et faire quelques-unes de ces lectures de vies contemporaines qui, présentant la sainteté dans les mêmes conditions d'existence que la nôtre, les rapprochent de l'humanité.

Le Dr Lestral, ayant pris au mot la comtesse Darbeillan, a fondé un dispensaire dans le pavillon resté libre au bord de la route.

Le départ pour Paris a été retardé, le comte a repris goût s'occupe lui-même de ses terres, car il ose manifester sa volonté depuis qu'on lui reconnaît enfin le droit d'en avoir une.

Les Herbines prospèrent, sous la poussée des quatre paires de bras.

Le « business-man » a contribué à l'œuvre commune en avançant les dix mille francs sans intérêt. Sa réponse a été concise, le reproche sec. Marc l'a accueilli sans murmure comme une partie du châtiment, et songe :

— Avec Jean, tout serait trop facile !..... Il vaut mieux pour moi que je ne fasse que changer de débiteur....

Souvent il s'arrête pour considérer Dorloy.

— Je voudrais ressentir ce que tu éprouves, lui dit-il un jour. Toi, tu regardes la terre comme si tes prunelles pouvaient en activer la croissance..... Tu l'aimes..... Je ne te vaudrai jamais. Il faudrait que tu eusses près de toi un cœur égal au tien !.....

Jean tressaillit, sa tâche était encore si lourde auprès de Boisseul. Pouvait-il offrir le don entier de lui-même ?

— Sais-tu, reprit Marc, ce que le Dr Lestral m'a dit hier ? Mlle Miley ne peut suffire à l'enseignement pratique agricole de ses élèves, et les deux jumeaux, Marthe surtout, ne peuvent plus vivre hors d'une surveillance maternelle.....

— Eh bien ? demanda Jean haletant.

Quelle était donc, au juste, l'idée du docteur ?

Le cœur de Dorloy battait avec violence.

— Eh bien, mon bon cher frère, tout s'arrangerait si Lisa devenait ma sœur. Et moi je sais que vous vous aimez.....

Jean demeura muet devant l'ineffable perspective de ce bonheur qu'il croyait si loin et dont les autres envisageaient déjà l'accomplissement.

Sa pensée s'abîma dans le divin mystère de la Rédemption, le mystère qui avait découlé de la première chute de l'homme.

Dieu s'était servi de la faute, du repentir et du retour de Marc sous le toit paternel pour rendre possible l'union à laquelle aspirait le cœur de Jean.

FIN

167-13. — Imp. P. Feron-Vrau, 3 et 5, rue Bayard, Paris-VIIIe

Imp. Paul Feron-Vrau
3 et 5, rue Bayard
PARIS

www.ingramcontent.com/pod-product-compliance
Ingram Content Group UK Ltd.
Pitfield, Milton Keynes, MK11 3LW, UK
UKHW021827230726
13924UKWH00015B/1598

9 782019 932107